国家出版基金项目
NATIONAL PUBLICATION FOUNDATION

曹子建詩研究

陳一百◎著

山西出版傳媒集團
山西人民出版社

圖書在版編目(CIP)數據

曹子建詩研究 / 陳一百著. -太原: 山西人民出版社，2015.3
(近代名家散佚學術著作叢刊 / 許嘉璐主編)
ISBN 978-7-203-08966-7

Ⅰ. ①曹… Ⅱ. ①陳… Ⅲ. ①曹植(192～232)-古典詩歌-詩歌研究 Ⅳ. ①I207.22

中國版本圖書館CIP數據核字(2015)第037147號

曹子建詩研究

主　　編　許嘉璐
著　　者　陳一百
責任編輯　梁晉華
助理編輯　張　潔

出 版 者　山西出版傳媒集團·山西人民出版社
地　　址　太原市建設南路21號
郵　　編　030012
發行營銷　0351-4922220　4955996　4956039
　　　　　0351-4922127(傳真)　4956038(郵購)
E-mail　sxskcb@163.com　發行部
　　　　　sxskcb@126.com　總編室
網　　址　www.sxskcb.com

經 銷 者　山西出版傳媒集團·山西人民出版社
承 印 廠　山西出版傳媒集團·山西人民印刷有限責任公司

開　　本　700mm×970mm　1/16
印　　張　8.75
字　　數　73千字
印　　數　1—3000冊
版　　次　2015年3月　第1版
印　　次　2015年3月　第1次印刷
書　　號　ISBN 978-7-203-08966-7
定　　價　22.00圓

《近代名家散佚學術著作叢刊》編委會

出版説明

近代名家散佚學術著作叢刊選取一九四九年以後未再刊行之近代名家學術著作共一百二十册，編例如次：

一、本叢書遴選之著作在相關學術領域具有一定的代表性，在學術研究方向、方法上獨具特色。

二、爲避免重新排印時出錯，本叢書原本原貌影印出版。影印之底本皆經專家組審定，原書字體大小，排版格式均未做大的改變，原書之序言、附注皆予保留。

三、本叢書分爲八大類，以作者生卒年編次。

四、爲使叢書體例一致，本叢書前言後記均采用繁體字排版。

五、個别頁碼較少的版本，爲方便裝幀和閲讀，進行了合訂。

六、少數學術著作原書内容有個别破損之處，編者以不改變版本内容爲前提，部分進行修補，難以修復之處保留缺損原狀。

七、原版書中個别錯訛之處，皆照原樣影印，未做修改。

八、所選版本之抽印本頁碼標注，起始至所終頁碼均照原樣影印，未重新編排標注新頁碼。

由於叢書規模較大，不足之處，殷切期待方家指正。

總序／

披沙瀝金，以爲鏡鑒

◇許嘉璐

多年來有一個問題始終在我腦中盤桓：爲什麽在十九世紀末到二十世紀初，在短短的幾十年裏，中國的各個學術領域竟涌現了那麽多大師級的人物？這是中國近代史上一個極爲重要的現象，我認爲，如果不能給出令人滿意的答案，我們撰寫的近代學術史將是不完整的，甚至是缺乏靈魂的。後來我知道，著名人類學家克羅伯曾提出過一個問題：爲什麽天才成群地來？看來這種現象的出現並非中國所獨有，思考其所以然的也大有人在。而在那一次世紀之交中國的情况，似乎應驗了「天才成群地來」這個令克氏久久不解的疑問。錢學森先生曾從相反的方向提出了相同的疑問：爲什麽我們這個時代出現不了杰出人才？後來人們稱這個問題爲「錢學森之謎」。

要回答這些疑問不是件容易的事。與其迅速地囫圇地探尋，不如先多了解那些讓中國近代學術（應該包括人文科學和自然科學）史上閃耀着光輝的大師們的作品和自述，從而在腦海里盡量「復原」他們所處的環境和在那種環境下的心理路徑，從中或許可以得到一些啓示。

有一點是顯然的，這就是他們雖然都已遠離塵世而去，但是他們獨立思考的品性、求知治學的真誠、困厄窮愁中對節操的堅守，恐怕是他們共同的主觀因素，一直影響到現在，而且將會永遠留存下去。

就思想界、學術界而言，二十世紀上半葉是一個新説和舊説碰撞，中學和西學融匯的大時代。那時的學人極爲重視言行操守，同時具備現代知識分子的理想信念；他們的學術研究十分純净，絶少功利因素；他們的視界開闊，以包容的心態和嚴謹的風格造就了成果的大氣與厚重。至於在客觀因素一面，他們實際是在用工業化時代的事實解説着太史公所説的名山之作「大抵聖賢發憤之所爲作」，困厄苦難使得他們「皆意有所鬱結」。這種鬱結，幾乎和個人的名利毫無牽涉，他們永遠不能釋懷的，是民族的存亡、國運的興衰、民衆的福禍和文脈的續斷。

那個時代也是近代歷史上最大規模的中西古今學術調適、創新的時期，學術方法上的交互滲透和融合、創新亦可謂「於斯爲盛」。斯時之學人是要在封閉的屋墻上鑿出窗子的勇士，是使人能够看看外部世界的第一批導夫先路者，或者可以説，他們是在「意有所鬱結」時「彷徨」和「吶喊」的「狂人」。

相對於那時的哲人們，後來者是幸運兒。現在的形勢是，近三十年來學界空前繁榮，衆多學科有了長足之進，其中很重要的一點是學界有了更新穎、更廣闊的國際視野，似乎接續上了百年前的學壇盛事。但細想想，「古」與「今」還是有差別的。其异，主要不在於世界情勢、學術進展、工具改善這些客觀存在，而在於在廣泛吸收各國優長的同時，自身文化的主體性越來越受到重視，换言之，「拿來主義」已經延長了「拿來」的程序，加上了試用、甄別、篩選、吸收、融合、成長。就我孤陋所見，在當今地球上，面向所有異質文明，努力汲取我之所缺，其範圍之大和心態之切，似乎無出中國之右者。從這個角度説，我們已經超越了前輩。但是事情還有另外一面，學術，特別是人文學科，其職業化、「沙龍化」和功利性，以及隨之而來的浮躁病却嚴重了。從這個角度説，是不是我們已經後退得够可以的了？而這是不是我們這個時代出不了大師的原因之一呢？

民國學術界的特點之一是極爲注重對傳統的反省、批判與繼承。他們對傳統文化盡最大的努力進行整理和研究。一方面，由於戰亂頻仍，民不聊生，學者們擔起了讓中華文化薪火相傳的歷史責任；另一方面，他們要通過對中國傳統文化的整理、挖掘來重振民族自信心。這一時期對傳統文化進行整理的全面而深入是前所未有的，舉凡文字學、語言學、經濟學、法學、哲學、政治制度、書法繪畫、金石學……規模之宏大，研究之精微，令人嘆爲觀止。

民國學術推動了現代學科體系的建立。在對傳統文化整理和研究的基礎上，吸收西方的文化思想和理念，推動和建立了中國現代學科體系。例如，在對語言文字和音韵學成果進行整理、研究的基礎上開始着手規範之，建立了國語學；深入研究書法、國畫，將其融入了現代美術學科；在廢除舊有學制後逐步建立起小、中、大學較完整的科目和學科體系。

民國學術也改變了傳統學術方式，建立了新的研究範式。以現代科學考古爲發端，科研的實踐和成果使中國知識界真正認識到在實驗、比較基礎上的邏輯分析對學術研究的重要，推進了中國學術的一大演變。至於我們常説的打破士大夫傳統、走出書齋到田野鄉村和市民中進行調查研究、結束了經學時代、以歷史眼光檢視儒學和諸子等等，都是確立新學術範式的努力。這一轉變，也標誌着中國學術界脱胎换骨，全面進入了現代，爲此後的學術發展奠定了堅實的基礎。當然，西方啓蒙運動以來，在「現代性」和「現代化」裏潜伏着的缺陷和謬誤也傳到了中國，這些不能不在前哲的著作裏留下痕迹。這並不奇怪。類似的情况，古往今來孰能免之？猶如今天的我們，誰敢自稱我之所見就是永恒的真理？在這個問題上兩個時代所異者，或許就在昔時大家創立新説或譯註西學著作，往往是懷着對學術和前哲的敬畏而爲之，故而常常誤不在我；當今則往往出於對學問和他人的輕蔑，或以所研究的對象爲謀己的工具，因而難辭主觀之咎吧。翻閲他們的心血之作，這些復雜的狀況可以顯見，可以視之爲我們的一面鏡子。

滄海桑田，世事變幻，歷史的動盪和時代的遮蔽，使當年許多大師的一些極有價值的學術著作被棄於故紙堆中，不能不令人有遺珠之憾。爲此，山西人民出版社不惜以數年之艱辛，披沙瀝金，編輯出版這套近代名家散佚學術著作叢刊，凡一百二十册，計文學、史學、政治與法律、美學與文藝理論、民族風俗、宗教與哲學、經濟、語言文獻共八大類别。所選皆爲作者之純學術著作，無論是其見解、精神，抑或是其時代烙印，都是後輩學人可資借鑒的寶貴財富。他們出版這套叢書，意在讓世人不忘來程，知篳路藍縷之不易，爲民族文化的傳承再增薪木。

出版社的初衷，與我近年來所思所慮近似，故願略述淺見於書端，以與策劃者、編輯者和讀者共勉。

二〇一四年七月六日

改定於自安東回京途中

前言／猛回頭，那支支紅燭

——二十三種民國文學研究著作概覽

◇梁歸智

「視爾夢夢，天胡此醉？於時處處，人亦有言！」

此聯乃北京宣南（宣武門外舊城區）北半截胡同四十一號中「莽蒼蒼齋」楹聯。齋主何人乎？即戊戌變法失敗而捐軀之「六君子」中翹楚譚嗣同字復生號壯飛者也。慈禧太后發動政變，逮捕維新黨人，友人勸譚嗣同逃避，他堅辭曰：「外國變法未有不流血者，中國變法流血請自嗣同始。」乃於一八九八年九月二十四日被捕，繼而遇害於菜市口。臨刑前仍大呼曰：「有心殺賊，無力回天；死得其所，快哉！快哉！」

自此而後，果然爲變法——改變社會制度而流血不止，一九一一年十月十日辛亥革命成功，中國歷史上最後一個封建王朝被推翻，一九一二年一月一日中華民國成立。然餘波未息，新瀾迭起，袁世凱竊國，張勛復辟，北洋軍閥混戰，國民黨軍北伐，中國共產黨成立，國共爭鋒，時而合作，時而破裂，日本入侵，八年抗戰，勝利後繼以三年內戰，終於以一九四九年十月一日建立中華人民共和國而告一大段落。

從一九一二年一月一日到一九四九年十月一日，凡三十八年，此即「民國」時段也。

三十八年過去，彈指一揮間。戰焰紛飛，生靈涂炭，歷史真是「相斫書」！而文明的燭火，點點簇簇，飄曳閃爍於如磐夜氣之中，雖遭暴風，遇疾雨，而終不熄不滅。其中最具象徵性的事件，乃一八九七年二月二十一日在上海成立之商務印書館，於一九三二年一月二十九日遭日本侵略軍針對性轟炸，占全國出版量百分之五十二的出版巨頭損失一千六百三十萬元，百分之八十以上資産被毁，其所屬東方圖書館同時被炸，四十五萬册圖書化作劫灰，其中有無數古籍善本、孤本！日軍侵滬司令鹽澤幸一狂吠：「炸毁閘北幾條街，一年半就可恢復，只有把商務印書館、東方圖書館這個中國最重要的文化機關焚毁了，牠則永遠不能恢復。」而劫難後的商務印書館，懸掛出「爲國難而犧牲，爲文化而奮鬥！」的巨幅標語，經半年即宣告復業，實現了「日出一書」的奇迹。

由於歷史演變的吊詭，民國時期的出版物，在一九四九年以後的中國大陸，大多數遭遇了被遺忘的命運，沉埋於少數圖書館的塵封角落。斗轉星移，時來運轉，二十一世紀進入了第二個十年，山西人民出版社推出這套叢書，遴選民國出版的若干學術精品，分學科編纂，蔚爲盛事大觀。此分卷是對中國文學（主要是古典文學）的研究，共二十三種。下面對這二十三種書籍作一個概覽性的介紹。

先看這些書的作者。生年不明者毋論外，出生最早的當屬韓柳文研究法的撰者林紓，他誕生於一八五二年（清文宗咸豐二年），卒於一九二四年（民國十三年——一九一二年爲中華民國元年）。出生最晚的是陶淵明批評的作者蕭望卿，誕生於一九一七年（民國六年）。這二十位作者中，一些是後來成爲大家的著名人物，林紓之外，有大學者徐珂、章太炎、陳寅恪、吕思勉、陸侃如、周貽白、趙景深，著名作家蕭乾等。此外的作者，則屬於有一定學術建樹或僅留下少量著述的文化人。

從作品看，這二十三種著作有某一種文學或某個人作品的分論，如詩經之女性的研究、曹子建詩的研究，也有某一長時段的文學史或文藝理論性質的概説，如清代詞學概論、中國戲劇小史。其中陸侃如三種，趙景深兩種；而陳寅恪和蕭望卿的兩種著作研究對象相同而又篇幅短小，合爲一册；陸侃如有兩種合爲一册。故，這裏一共有二十位作者的二十三種著述，卻是二十一册文本。

分册介紹述評，是按照著作内容所關涉之中國文學史發展綫索的先後爲序？還是以研究者的情况或者書册的寫作出版先後爲序？却是一個頗讓人躊躇的問題。因爲近四十年的民國，正是中國社會從傳統向近現代激烈轉型的時段，不僅作者的思想認識，書册的觀點立場，而且連書寫的語言文風，都存在鮮明的古今遞嬗演變的痕迹。經考量，决定采取折衷的立場，即基本上按照文學史發展的脉絡綫索，先概説性著作，後專題性研究，同時顧及其他因素，將徐珂、林紓、章太炎的三種以文言文表述的著述放在最後予以推介月旦，也算是對横跨清王朝與民國兩代之文化先驅者的致敬。

中國文學小史，作者趙景深，生於一九〇二年，卒於一九八五年，主要以元雜劇、宋元南戲和古典小説的輯佚考證而名世，代表性著作爲曲論初探、宋元戲曲本事、宋元南戲考略、中國小説叢考等。這本中國文學小史是他二十多歲時的作品，上海的大光書局出版，後再版重印，達二十次之多。他於一九三六年寫「十九版序」，這樣説道：「十年前，我跟隨着新文學浪漫運動的巨潮向前推動，當時我充滿了熱情和詩趣，喜歡説一點帶有情感的話，喜歡像做詩一樣的寫文章。……也許讀者們這樣的愛讀這本小書，使牠達到十九版，清華大學入學考試且曾指定此書爲唯一的參考書，大約都是爲了牠使人讀起來不至於十分頭痛吧？」

以西方的學科意識而撰述「中國文學史」，二十世紀以始，共有數百本。第一本中國文學史爲何人所寫？或曰英國人，或曰日本人，或曰俄國人。中國人自己最早撰寫的中國文學史，一般認爲乃林傳甲一九〇四年撰中國文學史，黄人（黄摩西）亦於同年撰同名之書。林著是在當年之京師大學堂即後來之北京大學撰成，黄著是在當年之東吴大學即後來之蘇州大學撰成，歷史演變的軌迹斑斑俱在。趙景深的這本「小史」，名副其實，牠篇幅很小，如作者自表，「我只是寫一本中國文學的常識；或者，我是在説一個故事」。其特色不在學術含量的全備高深，而在簡略概約，蜻蜓點水，却時見談言微中；同時文風清麗活潑，很適於普及。

中國文學小史凡三十五節，第一節「緒論」，第二節「詩經」，第三節「屈原宋玉」，第三十四節「清代的詩文」，第三十五節「最近的中國文學」。從詩經、楚辭始，司馬相如和司馬遷，曹氏父子，陶淵明與謝靈運，唐詩，宋詞，元曲，明清的小說、傳奇和詩文，面面俱到，而最後一節，更有聞一多、汪靜之等的詩歌，郁達夫、魯迅等的小說，田漢、丁西林等的戲劇，周作人、朱自清等的散文等。

比起今日的文學史經典著作，此書自然不可能在材料的全備準確和學理的系統精深方面爭勝，但其特色也頗堪注目，即那時還沒有後來的一些教條框架，因而一些說法能讓人眼前一亮，細想也頗堪玩味。如論到李白和杜甫的同異，這樣對比：

李白：南方化、仙品、出世、浪漫、受道家影響、才、情、樂自然；

杜甫：北方化、聖品、入世、寫實、本儒教見地、學、性、泣時事。

與後來的經典化定位大同小異，而更加言簡意賅，同時還有一些生動的表述，如這樣談論李白：「我們也曾想像到一個眸子炯然，腰束玉帶，身穿宮錦袍，在采石磯邊狂歌於船頭的詩人麽？這便是天才豪放的李白。」後面對李杜的「優劣」也一語到位：「李白是樂天的，杜甫是悲觀的。」「他們兩人作風如此不同，當然我們不能分出優劣來。」比起一九四九年以後幾部文學史的某些教條化論述，以及郭沫若的李白與杜甫之立場偏頗，民國時期學人的思想自由客觀公允躍然紙上。

詩經之女性的研究，謝晉青著。此書曾作爲商務印書館「國學小叢書」、「萬有文庫」而數次出版重印。謝氏生於一八九三年，卒於一九二三年，乃日本留學生、南社社員，另有譯著西洋倫理學史（原作者日本人三浦藤作）。詩經之女性的研究共十節，其實就是對十五國風裏的女性題材特别是愛情婚戀詩歌的思想與藝術分析評價。其「緒論」説：「我這次是想在詩經中，發掘古代婦女問題的，並不是做考據底工作，在意義方面，我們總以詩底本義爲歸宿；那些不可靠的誤解，我們一概不取。在藝術方面，我們總以普遍而真摯的平民主義爲歸宿，那些不自然的附會穿鑿，我們也一概排斥。」「結論」則總結説：「詩經底十五國風，原來存詩一百六十篇，其中經我認爲有關婦女問題的，共計八十五篇。這八十五（篇）詩，若再依性質來區别，那就是：最多的爲戀愛問題詩，其次即爲描寫女性美和女性生活之詩，再其次就是婚姻問題和失戀問題底作品了。爲什麽戀愛問題底作品，占最大的數目呢？這就因爲兩性問題，是在人類生活上，占最重要的地位底證據。」

此書的許多具體分析賞鑒相當細緻，頗能體現民國以來西方推崇女性張揚人性思潮對古典文學研究的影響，一九四九年以後中國文學史中的相關評述，傾向立場，實承其緒。

有關楚辭的著作，共選有兩種：陸侃如屈原與宋玉、何天行楚辭作於漢代考。

陸侃如，生於一九〇三年，卒於一九七八年，是二十世紀五六十年代中國著名古典文學專家，他與夫人馮沅君合著之中國詩史是開創性的著作。此外撰有樂府古辭考、陸侃如古典文學論文集、中國文學史簡編、中國古典文學簡史，及與高亨合著楚辭選，與牟世金合著文心雕龍選譯、劉勰論創作、劉勰與文心雕龍等。屈原與宋玉是在他的處女作屈原、宋玉基礎上整合而成，却也算得上這一研究領域初具規模的「集大成」之作。書共六節：一、引論；二、屈原的生平；三、屈原的作品；四、宋玉的生平；五、宋玉的作品；六、餘論。最後列「參考書目」，自王逸楚辭章句、洪興祖楚辭補注、朱熹楚辭集注以下凡四十種。可以說，後來關於楚辭研究的許多重要問題都已經有所體現或涉及，算得上是此領域近現代研究的一册早期代表性著作。

楚辭作於漢代考的作者何天行生於一九一三年，卒於一九八六年，對浙江遠古文化——良渚文化的發掘考證有重要貢獻，出版有杭縣良渚鎮之石器與黑陶，是著名的考古學著作。楚辭作於漢代考受當時顧頡剛疑古學派的影響，論證楚辭各篇皆作於漢代，離騷的作者是淮南王劉安。這種觀點是楚辭研究中的一家之言，後來朱東潤也持相近觀點。楚辭作於漢代考的寫作曾受到蔡元培的鼓勵，完成於抗日戰争發生前夕，作爲一種歷史痕迹，於楚辭學的演變具有參考價值。

漢代詞賦之發達，商務印書館一九三五年出版，其作者金秬香，生平待考，他另有駢文概論一書，爲商務「萬有文庫」第一集中叢書，則金氏乃當時知名文化人無疑。漢代詞賦之發達共十章，對漢賦作了比較全面的考察研究，其第一章「辭字之解釋」辨析「辭」與「詞」字義語源的來龍去脈，認爲「楚辭漢賦」中「辭」應作「詞」，故全書行文，皆稱「詞賦」。其後各章，對「賦字之定義」、「詞賦之源流」、「詞賦之作用」、「詞賦之分析」、「漢代詞賦之所由盛」、「漢代詞賦之所由衰」、「漢代詞賦發達之原因」、「漢代詞賦之種類」、「漢代詞賦之變遷」分別討論，漢代重要詞賦作家作品多已涉及，全書行文爲淺近文言。由於詞句多古僻，深入研討漢賦者歷來不多，此書可視爲漢賦研究的早期圭臬。

陸侃如樂府古辭考，完成於一九二五年，商務印書館一九三〇年出版，堪稱是對漢樂府研究的開山之作。共八章，依次爲：一、引言；二、郊廟歌；三、燕郊歌；四、舞曲；五、鼓吹曲；六、横吹曲；七、相和歌；八、清商曲。序例有云：「樂府是中國文學史上很重要的材料。但是研究起來，較詩經楚辭爲難，因爲没有適當的參考書。……近來研究詩經楚辭的人很多，但很少有人研究樂府的。這本小册子的問世，便是希望能引起讀者對於樂府的興趣，大家來作湛深的研究，使樂府的真價值不致永久的湮没。」雖是「小册子」，而能於漢樂府爬梳史料，清理源流，辨析考鑒，確有開闢之功，後來的研究者，實受其惠。

此册還另有陸侃如的一篇論文左思練都考，北京大學出版部一九四八年出版，乃對西晉詩人左思撰寫三都賦構思十年的傳統説法提出异議，認爲「事實上三都賦的構思恐怕超過二十年」，引證古籍，分析辯駁，是一篇專門的考證文章。

原廣州師範學院院長陳一百，生於一九〇九年，卒於一九九三年，是一位教育家。其所著曹子建詩研究於一九四〇年由上海三通書局出版，一九七一年香港大地出版社再版。書分上下篇，上篇包括曹植傳略、曹子建集的傳本考略、曹植詩歌的情感、後世諸家對曹植的評論；下篇兩部分，分别是曹植詩選讀和曹植樂府選讀，文末附有清代學者丁晏的魏陳思王年譜。此書也算對曹植其人其詩的一種早期研究的痕迹，可供後來者借鑒參考。

陶淵明之思想與清談之關係、陶淵明批評二書篇幅不大，故合爲一册。前者爲陳寅恪的一篇論文，燕京大學哈佛燕京社一九四五年出版；後者爲蕭望卿著，開明書店一九四七年出版。陳寅恪生於一八九〇年，卒於一九六九年，是名震遐邇的文史大師，毋庸多介。蕭望卿生於一九一七年，卒於二〇〇六年，曾先後於西南聯大和清華大學深造，並與聞一多、朱自清、沈從文等大家交往密切，一九四九年後任教於河北師範學院中文系，述而不作，僅有此陶淵明批評傳世。

陶淵明之思想與清談之關係不愧名家名作，條理清明，言簡義豐，實爲後世研陶之先驅。文章首先追溯從漢末、魏到晉的「清談」之風，「然則當時諸人名教與自然主張之互異即是自身政治立場之不同，乃實際問題，非止玄想而已」。「略述淵明之前魏晉以來清談發展演變之歷程既竟，茲方論淵明之思想，蓋必如是，乃可認識其特殊之見解，與思想史上之地位也。」再討論陶淵明與佛教徒慧遠等頗有交往，而其思想不染佛風，乃因爲「蓋其平生保持陶氏世傳之天師道信仰，雖服膺儒術，而不歸命釋迦也」。同時，陶淵明「自以曾祖晉世宰輔，恥復屈身異代」，他的「自然」思想，「與當日實際政治有關，不僅是抽象玄理無疑也」。

最後論定陶淵明作爲思想家的崇高地位：「淵明之思想爲承襲魏晉清談演變之結果及依據其家世信仰道教之自然説而創改之新自然説。……不似舊自然説之養此有形之生命，或別學神仙，惟求融合精神於運化之中，即與大自然爲一體。……故淵明之爲人實外儒而內道，捨釋迦而宗天師者也。推其造詣所極，殆與千年後之道教採取禪宗學説以改進其教義者，頗有近似之處。然則就其舊義革新，『孤明先發』而論，實爲吾國中古時代之大思想家，豈僅文學品節居古今之第一流，爲世所共知者而已哉！」

陶淵明批評共三章：陶淵明歷史的影像、陶淵明四言詩歌論、陶淵明五言詩的藝術。這本書是文學史角度的陶淵明專論，與陳寅恪的思想論合而觀之，可謂陶淵明的「全影」，一九四九年後陶淵明研究的輪廓理路，其實皆在其籠罩之下。

此書前有朱自清的序，言短義豐，對陶淵明批評的價值貢獻，可謂已經説盡。陶淵明「詩最少，可是各家議論最紛紜。考證方面且不提，只説批評一面，歷代的意見也够歧異够有趣的。本書『歷史的影像』一章頗能扼要的指出這種演變。在這紛紜的議論之下，要自出心裁獨創一見是很難的。但這是一個重新估定價值的時代，對於一切傳統，我們要重新加以分析和綜合，用這時代的語言，重新表現出來。本書批評陶詩，用的正是現代的語言，一鱗一爪的，雖然不是全豹，表現着陶詩給予現代的我們的影像。這就與從前人不同了。」「本書二三章專論陶詩的作風和藝術，不厭其詳。從前人論陶詩，以爲『質直』『平淡』，就不從這方面鑽研進去。但『質直』『平淡』，也有個所以然，不該含胡了事。本書詳人所略，便是這方面的努力。」「陶淵明的創獲是在五言詩。本書說『到他手裏，才是更廣泛的將日常生活詩化』，又說他『用比較接近說話的語言』，是很得要領的。」「歷來評論者推崇他的五言詩，因而也推崇他的四言詩，那是有所蔽的偏見。本書論四言詩一章，大膽的打破了這個偏見，分別詳盡的評價各篇的詩。」

陶淵明之思想與清談之關係用文言行文，簡潔清雅；陶淵明批評則是生動活潑的白話文，沒有一九四九年後的八股教條氣味。今天的人閱讀起來，也感到很親切的。

唐代文學史，陳子展著。陳氏生於一八九八年，卒於一九九〇年，一九三三年起一直任教於復旦大學，以詩經直解、楚辭直解名世。唐代文學史於一九四四年由作家書屋（姚蓬子在上海開的書店）出版，一九四七年重印，共八章，分別是：一、說到唐代文學；二、初唐詩人；三、盛唐詩人；四、中唐詩人；五、晚唐詩人；六、古文運動；七、唐人小說；八、晚唐五代詞人。對整個唐代文學，作了梳理概述，篇幅不長，內容全面，可以視爲後來中國文學史唐代文學部分的早期代表作。其中的說法，今天看來自然不新鮮，放在當年的時代背景下，則頗可稱道。如論李白與杜甫的優劣：

> 可見一個肯自命爲狂者，一個不諱言爲腐儒。一個抱超世主義，源於道家思想；一個抱淑世主義，源於儒家思想。一個幻想超昇仙境，一個不忍離開君國。總之，他們的作品都是他們自己生命純真的表白。
>
> 大抵李杜於詩的手法上，一個側重自然，一個側重雕飾。風格上一個豪放飄逸，一個沈（即「沉」）鬱頓挫。各有各的價值，各有各的生命。

商務印書館「國學小叢書」有顧彭年杜甫詩裏的非戰思想，一九二八年出版，一九三三年重印，據作者序言，書完稿於一九二五年。商務印書館「萬有文庫」中又有顧氏現代歐美市制大綱一書，一九三〇年出版。此外知道他從事過新體詩的翻譯與創作，其餘生卒年和生平等則概不清楚。杜甫詩裏的非戰思想共五章加一個附録：一、緒言；二、杜甫傳；三、杜甫的時代；四、杜甫以前及他同時代的反對戰爭的思想與作品；五、杜甫詩的非戰思想；附録：杜甫時代重要之戰爭與叛亂年表。

杜甫爲「詩聖」，杜詩乃「詩史」，歷來研究繁夥。此書以「非戰思想」爲中心主題，表現出明顯的時代印記。如作者自序中所云：「迨江浙戰争發生後，作者對於戰争的惡魔的面龐益認識清楚，這位大詩人的非戰作品，也就愈加湧現在我的腦際了，但因戰争的驚擾，屢次遷徙，心如蝴蝶，如浮萍，飄蕩無定，不克專心於此，直到逼近年節，始把牠修改好，字數已比初稿增加了一倍以上。」今日之杜甫研究成果已經汗牛充棟，而此册小書，仍於讀者開卷有益，在於戰争之兇惡痛苦，人類仍未能完全消弭避免。而此書感同身受的寫法，就不僅是一本研究著作的影響了。其緒言末段的感慨最能傳達不以時代變遷而更改的情愫：「我們所處的時代與杜甫的時代有不少的地方相類似；環境的艱險比他的有過之無不及；我們的兄弟，所流的血泪，所受的凌辱與壓迫與騷擾，比他的時代的人更甚；但當今能代表時代的作品有幾？能真切的表現自己所處的環境的佳制有幾？具有完整，聖潔，毅勇，偉大的人格而爲民衆呼吁的詩人安在？」

唐人詩中所見當時婦女生活，作家書屋一九四七年出版。作者劉開榮，一九三五年考入金陵女子文理學院中文系，一九四一年畢業，一九四三年完成此書。劉開榮後來又去燕京大學歷史系深造，在陳寅恪指導下完成唐代小説研究，一九四七年商務印書館出版，一九五〇年再版，一九五三年三版，臺灣亦曾三次重版。

唐人詩中所見當時婦女生活書前除作者自序外，尚有華西大學華西週刊主編陳國樺序、陳中凡序及華西大學英文系外教費爾樸序。陳國樺序末署「（民國）三十二年二月十二日序於華西大學」；陳中凡序末署「民國三十二年一月二十五日」、「成都華西壩廣益學舍」，費爾樸序末署「一九四三年春」、「於四川成都」，而劉開榮自序末署「（民國）三十二年一月二十二日於華西壩」，是則其時劉開榮與陳中凡俱任教於華西大學。書之正文共九章：一、引論；二、勞動婦女（上）；三、勞動婦女（下）；四、民間一般婦女的日常生活；五、民間一般婦女的精神生活；六、妓女生活；七、宫庭婦女及貴族婦女生活；八、女冠子生活；九、結論。

陳國樺序有云：「處在中國抗建（即抗戰與建設——引者）的現階段，如欲建設新中國，必須動員二萬萬多女同胞的力量，共同參與偉大的建設工作。著者劉開榮君寫成此書，實無异提出婦女解放的問題，請大家重新加以嚴肅的考慮，因爲唐代的婦女生活，又何異於現代的婦女生活呢？」

陳中凡序則説：「我以爲此文可以作爲唐代婦女史看。因爲我國古代史家專紀帝王名臣的史績，至今中國史書有帝王家譜之譏。社會上廣大群衆反被擯於史書領域以外，真是憾事。今讀此文，方知道史家所忽略的東西，詩人乃一唱三歎，反復申詠。只要後人加以探討，就可以把當日被壓迫的一般婦女實際情形，畢露無遺。」

費爾樸序（英文，劉開榮譯成漢語）贊美：「本書作者劉開榮女士，本人會詩，也善爲富有詩意的散文，可以説是給近代的文學寶庫添上了一幅生動的圖畫——一幅女人的美麗的夢景。『唐代的光榮』不但包括有金漆的畫棟和迴廊，光彩奪目的瓷器，以及吴道子的山水名畫，并且有琳琅滿目的辭林文苑，裏面活躍地呈現着宫庭裏莊嚴的婦女，也舞動着詩人們生花的筆尖。」

劉開榮的自序中則如是説：「本書的目的，不是要研究某一人某一事，而是要像一個攝影專家，把唐人詩中所反映的當時婦女生活的斷片，一一剪下來，拚在一起，使人一看便可得到一個個鳥瞰。所以凡能對當時的婦女生活，給一綫光明或一絲暗示的詩料，作者都不肯割捨。尤其關於佔有人精神生活一大部份的兩性間的言情談愛的記載，作者更要把它赤裸裸地呈現在讀者的面前，讓讀者進到他們的精神世界裏面去，不再襲用以往的成見，把君臣的關係拉扯上去，加以牽强附會的解釋了。」

可見這册書，無論作者與評者，都更注重其對「新婦女觀」的弘揚，而於唐代文學研究的價值反而在其次。劉開榮身爲女性，於有關女性的詩作更容易心有戚戚焉。這自然也受當日西學日漸張揚女權等社會情境、時代風氣和思潮的影響。今日的讀者，則更注重其學術層面的價值。如陳汝潔説：「有人説劉開榮的這本書實踐了陳寅恪先生的『以詩證史』的思想，我仔細讀了之後，覺得劉著與陳寅恪先生的元白詩箋證稿相比，還是差別較大的。陳著箋釋元白詩，往往證之以史籍，能使人明了詩中所寫何者爲史實何者爲虛構。在陳來説，『以詩證史』又何嘗不是『以史證詩』。而通過『以史證詩』所揭示出的元白詩中的今典，對讀者理解元白詩具有重要作用。以注釋來説，能注出今典比注明古典難度要大。寅恪先生在元白詩箋證稿中揭示了大量今典，因難能而可貴。而劉著在全書中很少涉及當時的史籍，所以讀後讓人覺得是她從全唐詩中分類披檢關乎婦女詩作，費了不少工夫而欠了一點功力，無法望陳著項背。但劉著是一部有趣的書，她把唐詩中關於婦女的詩作檢索、排比出來，讓人知道唐詩中的這一類。倘若她能够進一步讓讀者知道詩中所寫的這些婦女生活，哪些合於唐代史實哪些是詩人虛構，那該多好！不過，從書名來看，她大約認定唐代詩歌中所寫即是當時社會中所有，真的嗎？我認爲這需要證明。」

清代婦女文學史，一九二七年二月中華書局初版，一九三二年十二月再版，共十七萬五千字。作者梁乙真，河北獲鹿人，生於一九〇〇年，一九二五年後就讀於上海南方大學，卒年及生平不詳。除清代婦女文學史外，尚著有中國文學史話、中國民族文學史、中國婦女文學史和元明散曲小史。

清代婦女文學史共列舉了漢、滿閨閣名媛、娼門、女冠、難女、乞丐女性作者三百餘人。內容目録爲：第一編明清兩朝婦女之極盛時期；第二編清代婦女文學之極盛時期（上）；第三編清代婦女文學之極盛時期（下）；第四編清代婦女文學之衰落時期；第五編清代婦女文學雜述。

書前有王蘊章序、王燦芝序和自序，書末附録清代婦女著作家表及人名索引。此書受謝無量中國婦女文學史啓發和影響，但後來居上。王蘊章和王燦芝都給予較高評價。當代女性文學研究者也頗加青目，評論其重視女性張揚女權的思想意義高於文學史意義。所謂二十世紀三部女性文學史梁乙真居其二。

宋代文學，呂思勉著。呂氏生於一八八四年，卒於一九五七年，是著名歷史學家，其中國通史、秦漢史、讀史札記等都是史學名著。這册宋代文學一九二九年由商務印書館出版，共六章，分別是：一、概説；二、宋代之古文；三、宋代之駢文；四、宋代之詩；五、宋代之詞曲；六、宋代之小説。

此書行文用淺近文言，梳理宋代各體文學的代表作家、演變發展脈絡相當全面，可視爲宋代文學史的早期代表作。其觀點議論，具有二十世紀早期的清明樸實，非如後來受各種所謂「範式」拘限者。如論三蘇之文：蘇洵「筆力堅勁，自以老泉爲最。然老泉好縱横家言，恒以權譎自喜，而其言實不可用。故其議論，多有不中理者」。蘇軾「則見解較老泉爲高。雖亦不脱縱横之習，然絶去作用處，時或近於道家。非如老泉一味以權術自矜也。尤妙在能以明顯之筆達之。晚年文字，則心手相忘，獨立千載」。蘇轍「氣象不如其父兄之雄奇；才思横溢，亦非乃兄之敵。然議論在三家中最爲平正，文亦較有夷然澹蕩之致，則亦非父兄所能也」。宋代文學專設駢文一章，也是後來的文學史一般所忽略的。

中國詞史大綱，胡雲翼著。胡氏生於一九〇六年，卒於一九六五年，曾於中學、大學任教，後爲上海中華書局、商務印書館編輯，於唐宋詩詞研究深湛，有宋詞研究、宋詩研究、宋詞選、唐詩研究等著作行世，影響頗大。中國詞史大綱，北新書局（創立於北京，後遷上海）一九三五年出版。此書分兩編，第一編爲「唐五代詞」，共九章，第二編爲「北宋詞」，共十四章，共録詞人凡五十七家。

此書爲近代意義上對詞這一形式溯波追源之較早學術著作，也可以説是研究宋詞的早期經典。其論詞與詩之區别云：「長短句的歌詞在文人的社會裏確立以後，牠的發展漸漸地把不甚協樂的律絶詩壓倒了。我們看樂曲裏面的長命女、烏夜啼、漁夫詞、長相思、江南春、步虚詞、鳳歸雲、離别難、金縷曲、水調歌、白苧等調，最初都是用五七言絶句歌詞，後來都改用長短句的歌詞了。中唐詩人還有寫律絶詩給樂工伶妓們去唱，到晚唐竟失掉歌詩之法，只有長短句的歌詞了。這不顯明的是：長短句的歌詞藉着在音樂上的便利，把整整的歌詩打倒了嗎？」詞的興盛在音樂這一歷史的核心問題，如此明白曉暢地揭示了出來。

詞的歷史分期，此後的文學史，都以中國詞史大綱的説法爲準，如北宋詞的演變：「歷史的發展，則可分爲四個時期：第一個時期是小詞的時期，以晏殊、歐陽修、晏幾道諸人爲主幹；第二個時期是慢詞的時期，以柳永、秦觀諸人爲主幹；第三個時期是詩人的詞的時期，以蘇軾、黄庭堅諸人爲主幹；第四個時期是樂府詞復興的時期，以周邦彦、李清照諸人爲主幹。」與後來的文學史相較，中國詞史大綱没有「婉約派」「局限於個人趣味」「豪放派」「關注國家社會」「積極入世」一類意識形態評論語言，更顯學術性的單純。

趙景深著宋元戲文本事，北新書局一九三四年出版，但其完成於一九二三年六月。這是對宋元南戲研究的筆路藍縷之作，其開闢之功永耀史册。作者在自序中説：「這一本小書的目的是想把已佚的宋元戲文輯録出來，作爲研讀中國文學的一個參考；爲了恐怕專載佚文太枯燥，斷簡殘篇湊在一起也令人有丈二金剛之感，於是也附一點本事，把殘文貫串起來，使得讀者看這一本書不像是摹（即『摩』）挲古董，而像是在讀幾篇很有趣味的短篇小說。」

書共九章，輯自南九宮譜、新編南九宮詞、雍熙樂府、九宮大成南北詞宮譜，內容包括：一、王煥和王魁；二、陳巡檢梅嶺失妻；三、四種戀愛戲文；四、王祥卧冰；五、黃周兩孝子；六、江流和尚；七、僅存三五曲的元代戲文；八、僅存兩曲的元代戲文；九、僅存一曲的元代戲文。

中國戲劇小史，周貽白著。周氏生於一九〇〇年，卒於一九七七年，是著名中國戲曲史家和中國戲曲理論家，還曾經創作並演出話劇作品三十部上下。他首先提出並詳細論證中國戲曲的三大聲腔源流——崑曲、弋陽腔和梆子腔，厥功甚偉。他於一九三六年出版中國戲劇史略和中國劇場史（商務印書館），中國戲劇小史乃在前二書基礎上再加補充修訂，於一九四六年由上海的永祥印書館印出。後來又出版中國戲劇史（一九五三）、中國戲劇史講座（一九五八）、中國戲劇史長編（一九六〇），以及遺著中國戲劇發展史綱要（一九七九），都是以中國戲劇小史爲基礎的。

中國戲劇小史共八章：一、中國戲劇的形成；二、唐宋的戲劇；三、南戲與北劇；四、明代戲劇的概況；五、崑曲與亂彈；六、皮黃劇的勃興；七、文明戲與話劇；八、中國戲劇前途的展望。今天的讀者，要了解中國戲劇發展的歷史，當然有後來居上者的書可讀，但前驅者的貢獻也是不容抹殺的。中國戲劇小史的意義就在這裏。

中國小說的起源及其演變，正中書局（陳果夫一九三一年創立於南京）一九三四年出版，作者胡懷琛。胡氏生於一八八六年，卒於一九三八年，一九三二年被聘爲上海市通志館編纂。他搜集整理一批上海地方史志珍貴資料，卓有貢獻。其藏書以詩文集和課本爲特色，如三字經、百家姓、千字文、千家詩等，收集齊全，劉鶚稱其爲「三百千千」。收集外文書籍和少數民族作者的漢文詩集一千餘種，可惜其藏書在抗戰時多半被日寇炸毀。一九四〇年，其子胡道靜將殘餘之書捐獻給了震旦大學。

中國小說的起源及其演變共六章：一、本書說到的範圍；二、小說的起源及小說二字在中國文學上的涵義之變遷；三、中國小說「形」的方面的演變；四、中國小說「質」的方面的演變；五、現代小說；六、研究中國小說參考的書目。第一章開宗明義：「本書所講的，只有兩件事情如下：（一）是中國小說的起源，與小說二字涵義的變遷。（二）是中國小說的演變，並現代小說的標準。」

研究小說者歷來推崇魯迅的中國小說史略和胡適的中國章回小說考證，那自然是開山的典範之作。其後錢靜芳小說叢考、蔣瑞藻小說考證等也都功力深湛，卓然有成。本書算得上是一冊史論相結合的小說研究著作，在中國小說研究的歷史進程中，雖然不如上述幾種著作那麼經典，却也有其歷史的價值和意義，從「可讀性」來說，則更占優勢。如此書說到中國小說的歷史變化，通俗易懂而能切中肯綮：「由古代的傳說在口上，演變成寫在紙上，這是一變。宋代的說話勃興，這是第二變。宋人的話本，由說給人家聽的，變爲直接給人家看的，這是第三變。紅樓夢、儒林外史等，只是寫的，不是說的，這是第四變。然而『說』和『寫』，仍是同時候存在的，決不是變成後者，前者就消滅了。只不過互有盛衰而已。」

此外說到的一些情況，也頗能讓我們對於歷史的演變，有一種親切的感知。如：「在民國前一二年，有周作人譯的域外小說集，是用文言譯西洋的短篇小說。不過是大失敗了。這失敗並非域外小說集自身不高明，只是和那時候的讀者程度相差太遠。第一不歡喜讀這種無頭無尾的短篇小說，第二不歡喜讀平淡無奇的故事，第三不歡喜這種比較生硬而樸質的文言。結果，這部書當時幾乎没有人知道。」

書評研究，商務印書館一九三五年出版。作者蕭乾生於一九一〇年，卒於一九九九年，是著名翻譯家、作家、富有傳奇色彩的二戰記者，畢業於燕京大學新聞系，後去英國劍橋大學任教並讀碩士學位，一九四三年領取了隨軍記者證，正式成爲大公報的駐外記者，也是二戰時期歐洲戰場的唯一中國記者，一九九五年中國作家協會授予其「抗戰勝利者作家紀念碑」榮譽。三百二十萬字的蕭乾文集包括小説、散文、特寫、回憶録等，譯作莎士比亞戲劇故事集、好兵帥克以及與夫人文潔若合譯的尤利西斯等更是影響巨大久遠。

隨着近現代出版業的發展，書評也逐漸增多，但對這種新型的文學批評樣式作正式的研究，書評研究可以説是拓荒之作。書共八章：一、序論；二、書評家；三、閱讀的藝術；四、批評的基準；五、批評的藝術；六、書評的寫作；七、書評與讀書界；八、附録。此書的核心思想是，書評是有益於社會的嚴肅工作，書評家是具有特殊身份的知識者，代表讀者的鑒定者，文化生産的監督人，而不是庸俗、獻媚的商業廣告商。如：「一切批評都必須基於清澄的理解。批評的公允實即理解深澈的反映。」「書評家寧可改業廣告，永不可用批評的地位作兜售的營生。」「對讀者他服務，却也不侍奉如奴隸。他把讀者看成智力的平等者。他並不武斷地强迫讀者接受他的意見，也不賣弄學問如一塾師。讀者的好惡是受風氣支配的，但他不追隨那風氣，他不固執，却有信仰。」無疑，即使在今天，書評研究仍然有牠的現實針對性和意義。

清代詞學概論，上海大東書局一九二六年出版。其作者徐珂生於一八六九年，卒於一九二八年，爲光緒舉人，袁世凱天津小站練兵時的幕僚，一九〇一年任上海外交報、東方雜誌編輯，後爲商務印書館編輯，其所編纂的清稗類鈔是享譽學林的文史巨著。

清代詞學概論共七章：一、總論；二、派別；三、選本；四、評語；五、詞譜；六、詞韵；七、詞話。作者雖入民國，而其傳統文化教養的底色，濃郁深厚，迥非後來人可比。故此書行文，爲優美洗練的文言，而其對清詞演變脈絡的勾勒，代表性詞人的品評，乃至資料的選録等，都有「個中人」的真知灼見，可謂言簡意賅，高屋建瓴，非後來研究者搬弄西洋「範式」敷衍成文者可及。無疑，此書可列入「學術經典」的行列，不像本選集大多數作品具「過渡轉型」之身份色彩也。

如清代詞學概論評騭「清初之詞」的代表作家，「最著者」爲朱彝尊、陳維崧，「兩人並世齊名」，而前者「情深，所作詞高秀超詣，綿密精美，其蔽爲餖飣」；後者「筆重，所作詞天才艷發，辭鋒橫溢，其蔽爲粗率」；「繼之而起名重一時者，實惟納蘭容若。門第才華，直越北宋之晏小山而上之，其詞纏綿婉約，能極其致，南唐墜緒，絶而復續」。再如説清詞之派別：「有清一代之詞，有二大別：一浙派，一常州派，亦猶散體文之有桐城陽湖二派也。」這些基本的定位，都成了後來各種文學史、清詞史祖述的圭臬。再如書中説到「才人之詞」、「學人之詞」、「詞人之詞」的三分法，也直搗黄龍，揭示本質，對後世影響深遠。

韓柳文研究法著者林紓生於一八五二年，卒於一九二四年，堪稱是一位清末民初的文化奇人。他是桐城派散文的殿軍，一點不懂西洋語言文字，僅憑聽人口述，把一百八十多種西方小説翻譯成漢語，成爲向古老中國介紹西方文學的開山人。「林譯小説」，曾經是好幾代人的最愛，用文言表述的漢譯西方小説，成了中西文化交流史上一道奇异的瑰彩。

韓柳文研究法亦是文言文著作，對韓愈和柳宗元的多篇古文逐一評論，細緻深入，作者所持觀點立場，則完全是傳統的儒家思想體系和桐城派衡文的法眼，完全不見西學影響的痕迹。此亦可見所謂民國時段之文化形態，新舊雜陳，多元豐富也。

前有馬其昶（一八五五——一九三〇）短序，馬氏乃桐城派後勁，清史稿之「儒林」、「文苑」卷總纂。其序説與林紓「同客京師，一見相傾倒，别三年，再晤，陵谷遷變矣。而先生著書談文如故，一日出所謂韓柳文研究法見示」。所謂「陵谷遷變」，即指清朝滅亡而民國建立，韓柳文研究法於一九一四年由商務印書館出版，則此書或峻稿於清季。馬其昶贊美林紓「於史漢及唐宋大家文，誦之數十年，説其義，玩其辭，醰醰乎其有味也」。林紓於韓愈、柳宗元的古文沉浸涵泳，所謂「韓氏之文，不佞讀之二十有五年」，則其所得所會，自然和後來接受了西方文藝思想的研究者，無真賞而僅「分析批判」所見大爲不同。

如林紓這樣評析韓愈的文章寫作技巧：「韓氏之能，能詳人之所略，又略人之所詳。常人恒設之籬樊，學韓則障礙爲之空。常人流滑之口吻，學韓則結習爲之除。漢所謂摧陷廓清者，或在是也。」「韓文能抑絶掩蔽，不使自露。不佞久乃覺之。……不善學者，往往因蔽而晦，累掩而澀。……所難者，能於掩蔽中，有淵然之光、蒼然之色，所以成爲昌黎耳。」

再如評柳宗元：「柳州段太尉逸事狀，與昌黎張中丞傳後叙，均洋洋有生氣，亦皆良史之才也。不佞甚惜柳州不爲史官，其寫忠義慷慨處，氣壯而語醇，力偉而光斂，可稱極筆。」「若公在永州，一荒昧不辟之區，必待糞除，其勝始出。是永州之勝，均係諸公之一言。則非極力描摹，山容水態，亦不易流傳於藝苑。集中諸文皆佳，而山水之記，尤爲精絶，雖大同小异，然各有經營。韓公猶望而却步，何論其他。」

文學論略，章太炎著。章太炎生於一八六九年，卒於一九三六年，太炎是號，名炳麟，在小學（語言文字學）、歷史、哲學、政治方面都有卓越貢獻，乃近代的國學大師。我的業師姚奠中先生是章先生最後招收的研究生之一，把對文學論略的評介作爲這一個系列學術著作的「收官」，格外具有意味。

文學論略首發於一九〇五年的四川學報（未完），一九二五年上海的群衆圖書公司出版，一九二六年再版，後來又成爲國故論衡的一部分。文學論略前面有胡適的一篇序，其中的一些話很有意味：

這五十年是中國古文學的結束時期。做這個大結束的人物，很不容易得。恰好有一個章炳麟，真可算是古文學很光榮的結局了。章炳麟是清代學術史的押陣大將，但他又是一個文學家。

他是能實行不分文辭與學説的人，故他講學説理的文章都很有文學的價值。

但他究竟是一個復古的文家。他的復古主義雖能「言之成理」，究竟是一種反背時勢的運動。

總而言之，章炳麟的古文學是五十年來的第一作家，這是無可疑的。但他的成績只够替古文學做一個很光榮的下場，仍舊不能救古文學的必死之症，仍舊不能做到那「取千年朽蠹之餘，反之正則」的盛業。他的弟子也不少，但他的文章却没有傳人。

文學論略開宗明義：「何以謂之文學？以有文字，著於竹帛，故謂之文；論其法式，謂之文學。凡文理，文字，文詞，皆謂之文；而言其采色之焕發，則謂之彣（讀『文』，文采之意）」。這裏的核心思想，即文、史、哲不作絶對區分的「文學」觀念。而這一點，正是中國文化的根蒂，與西方講究分科別類的「科學」文藝學大異其趣。從表面看來，如胡適所批評，章太炎的這種文學觀是「復古主義」，「反背時勢」。胡適在序言結尾説：「章炳麟在文學上的成績與失敗，都給我們一個教訓。他的成績使我們知道文學須有學問與論理做底子，他的失敗使我們知道中國文學的改革須向前進，不可回頭去。」

以五四新文化運動爲起始標誌的「白話文」運動，正是沿着胡適的主張發展前行的，魯迅的「拿來主義」主張也主宰了整個二十世紀的中國文學和文化的走向。我們所評介的民國學術著作，絶大多數也體現了這個方向和主旨。但問題並不是單一的，歷史也是復雜的，如今我們回顧反思，在肯定胡適所説「改革必須向前，不可以回頭去」的歷史合理性一面的同時，也必須正視章太炎的文學主張，蘊含有更深層的中國傳統文化之精義奥旨，而且隨着人類文化在二十一世紀出現的困境，越來越具有啓示意義。單從對文學的認識來説，章太炎標榜的文、史、哲大會通的中國傳統文化的根本立場，也是有其文化深刻性和現實針對性的。

因此，對民國長達四十年時段的學術著作及其體現的思想方向，也不能簡單化地對待，忽視其所體現的歷史走向必然性與新價值的合理性是不對的，過分拔高推崇也有所偏頗。畢竟，那是一個「過渡」、「轉型」的時期，其多數學術文化著作也必然帶有「過渡」、「轉型」的色彩，是「進行時」和「未完成時」，距離「經典」尚有距離。從戊戌變法到辛亥革命到五四運動，一直到一九四九年，泛民國時段（包括其醖釀鋪墊時期）之中國現代化歷程從肇始而前行，歷經曲折，其激烈變化之歷史空隙中艱難産生的學術文化，有其大膽引進勇敢開拓而攝人心魄的一面，也有其嘗試而稚嫩、外來與傳統磨合不甚相契的一面。近世之社會轉型文化轉型乃大勢所趨，民國的學人們做出了艱苦的努力和卓越的貢獻，如何能在吸取世界其他文明滋育的同時，又能使中國傳統文化精粹得以恢弘發揚，再造輝煌，此正民國以來直至今日，中國知識界文化界苦苦思索探尋而歷久彌新之時代課題！

正是在這個意義上，民國的學術著作，這些體現了當日中國文化精英思考、研究、探索中國的社會與國家之現代化轉型的成果，其中的材料等或已經是舊痕陳迹，而其所思考的問題，所探索的思路，所提出的設想，以及這些著作本身的種種成就和不足，對於今天的中國現實，仍然具有攻錯借鑒的意義。他山之石，可以攻玉，何況此本非他山之石，正我山自有之石乎！

欲滅其國族，必先滅其文史。民族的歷史，特别是文化史、思想史、學術史，誠乃一國一族之精魂慧命之所在所基。當年日本侵略者之所以轟炸商務印書館與東方圖書館者，正深諳此理也。而商務印書館鳳凰涅槃浴火重生之艱苦奮鬥，亦未稍懈於斯。

民國語文，也在「轉型」途程中，這些學術著作的文風，大多是一種「尚存文言痕迹的白話文」。今天的青年讀者閲讀起來，也許會有异樣的感覺，但也可謂别具一種風味。而此二十三種著作的作者，絶大多數爲南方人，如浙江、江蘇、湖南、福建等省份，這些著作又大都在上海出版，由此亦可見民國時期文化發展的大情勢。這二十三種著作的二十位作者，當其撰寫著作之時，應該説彼此質素、學養都相差不遠，而其後之發展結局，則有的著作等身成爲大家大師，有的則後勁不足而逐漸湮滅少聞，固然各人機遇運會不同，而個人心志的堅持和努力之有無强弱，無疑是最主要的因素。對今日之學人特别是青年，不也很有啓發意義嗎？

潛入歷史的塵霾中排沙簡金，而選擇出此二十三册著作，並非筆者所爲，因而對此種簡選是否即能代表民國時期文學研究的大體大略，實亦不敢斷言，滄海遺珠或在所難免。而忝膺爲此編叢書作序的重任，惶恐之意，自不待言，管窺蠡測，亂彈胡侃，尚祈盼海内外方家不吝指教。但披閲這些先賢的著述，恰如驀然回首，向幽深的夜，重新點燃支支老紅燭。「紅燭啊！是誰制的蠟——給你軀體？是誰點的火——點着靈魂？」（聞一多紅燭）

點點燭光，明輝熠熠，回顧往昔，瞻望將來，道一聲：願我們的中國，鑒古灼今，發揚傳統精華，吸取五洲營養，漸進改革，持續開放，醒獅昂首，闊步奮行，前程佳美！

二〇一四年四月一日於大連

作者簡介

陳一百（一九〇九年—一九九三年），别號百一，廣西北流人，著名教育理論家和實踐家。曾擔任廣州師範學院院長，全國政協委員，民進廣東省第一届委員會主任委員。上世紀三十年代初期，年青的陳一百就翻譯過西方的科學論著，傳播先進的科學理論。陳一百先生既是一位教育實踐工作者，也是一位學術研究者，對原廣州師範學院及其教育學科的發展做出了重要貢獻，在教育學、教育統計測量學、教育心理學等學術領域也建樹良多。

曹子建詩研究目錄

上篇

下篇

附錄

曹子建詩研究

上篇

第一章 緒言

太史公稱：『古者詩三千餘篇，及至孔子去其重，取可施於禮義，上采契、后稷，中述殷、周之盛，至幽、厲之缺，三百五篇。孔子皆弦歌之，以求合韶武雅頌之音。』即今之三百篇詩是也。古三千餘篇，除三百篇外，今已不傳；然作者之多，可以概見矣。今所傳三百篇，其情感之深，聲調之美，篇章之變，無不卓絕千古；然其作詩之人，除少數之外，皆已不可得知，不能知其孰作若干篇，不能定其孰爲作詩專家也。三百篇之後，繼之者有屈平、宋玉之徒，創作詞賦，篇章豐偉，居然專家。然詞賦爲詩之別派，所謂『六義附庸，蔚爲大國』者也。自是厥後，漢之作者，實繁有徒，班孟堅所謂『孝成之世，論而錄之，蓋奏御者千有餘篇，而後大漢之文章，炳焉與三代同風者』也；然以傳於今者考之，大抵亦多可謂之賦家而已。漢書載韋孟之諷諫詩，然篇什無多。文選載有蘇武、李陵之詩，學者已多能言其爲僞託。又有古詩十九首，其西北有高樓，東城高且長，行行重行行，蘭若生春陽，庭中有奇樹，迢迢牽牛星，明月何皎皎之九首，徐孝穆玉臺新詠以謂枚乘所作；文心雕龍則云『古詩佳麗，或稱枚叔，其孤竹一篇，則傅毅之詞。』凡此諸說，今之學者，已多能言其謬。自餘梁鴻之五噫，張衡之怨詩，不無佳作；然所作匪多，可稱其詩爲佳詩，不可稱其人爲詩家，猶項王之歌垓下，高帝之歌大風，歌則美矣，人豈詩人？若夫其可以詩學專家名者，其殆始於漢魏之際，如三曹七子之徒乎？（三曹，魏武帝操，魏文帝丕，陳思王植，植字子建，卽今所論者也。七子，孔融，陳琳，王粲，徐幹，阮瑀，應瑒，劉楨。）十家之中，三曹爲盛；三曹之中，子建爲優。然則謂吾國之大詩家，當自曹子建始，似亦無不可也。

第二章　曹子建傳略

曹植字子建。沛國譙人。嵩之孫，操之子，而丕之弟也。性穎慧。十歲餘，歌誦詩賦數十萬言，且善屬文；操異之使爲賦，援筆立成。建安十六年，封平原侯。十九年，徙封臨淄侯。操征孫權，使植守鄴，時年方二十三也。植旣以才見異，而丁儀、丁廙、楊修等又爲之羽翼，故幾得定爲操之嗣子。二十二年，增邑五千，幷前萬戶。惜爲人不治禮儀，嘗乘車行馳道中開司馬門出；操大怒，植寵日衰。二十四年，曹仁爲關羽所圍，操以植爲南中郞將行征虜將軍，欲遣救仁，呼有所勅戒；丕因妬植，先爲設飮，偪而醉之，不能受命，於是悔而罷之。文帝丕卽王位，誅丁儀丁廙等，因丁廙前曾說操，以植爲嗣故也。黃初二年，植復受譏，貶安鄕侯。其年改封鄄城侯。三年立爲鄄城王，邑二千五百戶。四年徙封雍丘王。六年，文帝東征，還過雍丘，幸植宮，增戶五百。太和元年，徙封浚儀。二年，復還雍丘。植欲效力國家而不得見用，心私憤懣，上疏求自試。其表曰：

『臣植言：臣聞士之生世，入則事父，出則事君。事父尙於榮親，事君貴於興國。故慈父不能愛無益之子；仁君不能畜無用之臣。……方今天下一統，九州晏如；顧西尙有違命之蜀，東有不臣之吳。……夫君之寵臣，欲以除患興利；臣之事君，必以殺身靖亂，以功報主也。……夫憂國忘家，捐軀濟難，忠臣之志也。今臣居外，非不厚也；而寢不安席，食不遑味者，以二方未尅爲念。……竊不自量，志在授命，庶立毛髮之功，以報所受之恩。若使陛下出不世之詔，效臣錐刀之用，使得西屬大將軍，當一校之隊，若東屬大司馬，統偏師之任；必乘危陷險，騁舟奮驪，突及觸鋒，爲士卒先。雖未能擒權馘亮，庶將虜其雄卒，殲其醜類，必效須臾之捷，以滅終身之醜。……如微才弗試，沒世無聞，徒榮其軀而豐其體，生無益於事，死無損於數，虛荷上位，而忝重祿，禽息鳥視，終於白首，

此徒圈牢之養物，非臣之所志也』

三年，徙封東阿。六年，改封陳王，邑三千五百戶。植自髫齡誦習，雖酷好詩賦；然無時不以建功立業爲志。其與楊德祖書曰：『辭賦小道，固未足以揄揚大義，彰示來世也。昔楊子雲先朝執戟之臣耳，猶稱壯夫不爲也。吾雖薄德位爲藩侯，猶庶幾勠力上國，流惠下民，建永世之業，流金石之功。』云云。顧終懷才莫試，鬱鬱而死，時年方四十有一耳。

考子建爲人才大思敏，其所以鬱鬱不得志者，有數因焉：（一）任性而行，嘗開司馬門，觸太祖怒，因不得爲嗣。（二）爲兄丕所妬，時設計誣害之。（三）嘗爲人所阻。魏志崔琰傳云：『魏國初建，拜

尙書。時未立太子，臨菑侯植有才而愛，太祖狐疑，以函令密訪於外。唯琰露板答曰：「蓋聞春秋之義，立子以長，加五官將仁孝聰明，宜承正統。琰以死守之。」植，琰之兄女壻也。太祖貴其公亮，喟然歎息。』（四）植忠於漢室。魏志蘇則傳云：『初則及臨菑侯植，聞魏氏代漢，皆發服悲哭。文帝聞植如此，而不聞則也。帝在洛陽，嘗從容言曰：「吾應天受禪，而聞有哭者，何也？」則謂爲見問，鬚髯悉張，欲正論以對。侍中傅巽掐則曰：「不謂卿也。」於是乃止。』統觀以上四因，可見植之所以不得志，半由時勢，亦半由天性也。

第三章　曹子建集之傳本

子建卒後，景初中詔曰：『陳思王……自少至終，篇籍不離手，誠難能也。……撰錄植前後所著賦頌詩銘雜論凡百餘篇，副藏內外。』吾人欲研究子建之詩，不可不先知子建集之傳本。言其傳本者，以四庫全書提要及丁晏曹集銓評爲詳。茲節錄如下：四庫提要云：

「曹子建集十卷，魏曹植撰。案魏志植本傳：景初中，撰錄植所著賦頌詩銘雜論凡百餘篇，副藏內外。隋書經籍志載陳思王集三十卷。唐書藝文志作二十卷，然復曰又三十卷；蓋三十卷隋時舊本二十卷者爲後來合倂重編，實無兩集。鄭樵作通志略，亦倂載二本。焦竑作國史經籍志，遂合二本卷數爲一，稱植集爲五十卷，謬之甚矣。陳振孫書錄解題亦作二十卷；然振孫謂其間頗有采取御覽、書鈔、類聚中所有者，則捃摭而成，已非唐時二十卷之舊。文獻通考作十卷，又倂非陳氏著錄之舊。此本目錄後，有嘉定六年癸酉字，猶從宋寧宗時本翻雕，蓋卽通考所載也。凡賦四十四篇，詩七十四篇，雜文九十二篇，合計之，得二百十篇，較魏志所稱百餘篇者，其數轉溢；然殘篇斷句，錯出其間。如鷂雀、蝙蝠二賦，均採自藝文類聚。藝文類聚之例，皆標某人某文曰云云；編是集者，遂以曰字爲正文，連於賦之首句，殊爲失考。又七哀詩，晉人采以入樂，增減其詞，以就音律，見宋書樂志中；此不載其本詞，而載其入樂之本，亦爲舛錯。棄婦篇，見玉臺新詠，亦見太平御覽；鏡銘八字，反覆顚倒，皆叶韻成文，實爲回文之祖，見藝文類聚，皆棄不載，而善哉行一篇，諸本皆作古辭，乃誤爲植作；不知其下所載當來日大難，卽當此篇也，使此爲植作，將自作之而自擬之乎？至於王宋妻詩，藝文類聚作魏文帝，邢凱坦齋通編據舊本玉臺新詠，稱爲植作，今本玉臺新詠又作王宋自賦之詩，則衆說異同，亦宜附載，以備參考；乃竟遺漏，亦爲疏略，不得謂之善本。然唐以前舊本既佚，後來刻植集者率以是編爲祖，別無更古於斯者，錄而存之，亦不得已而思其次也。』

丁晏曹集銓評自序云：

『隋書經籍志陳思王集三十卷，唐志二十卷，原本久佚。今四庫著錄集十卷，據宋嘉定翻刻之本，賦四十四篇，詩七十四篇，雜文九十二篇。余所見者明萬曆休陽程氏刻本十卷，其賦詩篇數悉與宋本同，雜文較宋本多三篇。余以魏志傳注、文選注、初學記、藝文類聚、北堂書鈔、白帖、太平御覽、樂府解題、馮氏詩紀諸書校之，脫落舛譌，不能枚舉。寶刀賦、離繳雁賦各脫數句，孔羡碑僅存頌語；左嬪誄誤入晉辭，皆誤之甚者也。文選以獻責躬詩表併詩連載，程本寘前後冬至獻襪履頌有表，卞太后誄有表，皆當併合爲一，以省兩讀。程本俱分爲二，非也。程本七哀詩，藝文引此爲曹植閨情詩；程本又有怨歌行七解，略與七哀同。詩紀云：晉樂所奏七哀詩，是此篇本辭，宋書樂志明月一篇，東阿王詞，卽此七哀詩也。程本善哉行來日大難，樂府解題以爲古辭；郭氏云：

曹植擬善哉行爲來日苦短，藝文引陳思王善哉行君子防未然，文選以爲古辭；藝文四十一引曹植君子行，詩紀云：子建集有明人所見曹集，載此詩也。程本有箜篌引、野田黃雀行，前後分載二篇。樂府解題稱野田黃雀行，郭云：右一曲晉樂所奏，一曲本辭；藝文引魏陳思王箜篌引，即此詩也。又明季張溥百三家集本，據樂府解題增鼙舞五篇，據玉臺新詠增棄婦一篇，補缺正誤，視程本爲優；然臆改沿訛，亦復不少。余編校曹集，依程氏十卷之本。張本亦掇拾類書，非其原本。玆乃兩本讐校，擇善而從。曹集向無注本，其已見文選李善注，家有其書，不復殫述。義或隱滯，略加表明，取劉彥和「銓評昭整」之言，撰次十卷；併以余舊所撰詩序、年譜附載於後。庶後之讀陳王集者，有所資而考焉』。

觀上二文，則古來子建集之得失，可以略見矣。吳棠撰曹集銓評序云：『自來未有注家，亦無善本。山陽丁儉卿先生，年逾七旬，耄而好學，譔銓評十卷，於是思王集始可讀矣』云云。蓋子建集至銓評而後稍稱完善焉。今余此編，寫錄文字，卽以銓評爲本；而參以明徐伯虬刊本，明活字本，及明張溥本。玆將四本目錄列表如下，以見異同焉。

徐本	活字本	張本	銓評
卷一	卷第一	卷一	卷一
賦十首	東征賦并序	賦	賦
東征賦有序	遊觀賦	登臺賦	東征賦有序
遊觀賦	懷親賦并序	節遊賦	遊觀賦
懷親賦有序	玄暢賦并序	臨觀賦	懷親賦有序
玄暢賦有序	又幽思賦	游觀賦	玄暢賦有序
節遊賦	節遊賦	東征賦有序	幽思賦
感節賦	又感節賦	籍田賦	節遊賦
幽思賦	離思賦并序	述行賦	感節賦
離思賦有序	又釋思賦并序	感節賦	離思賦有序

釋思賦有序	臨觀賦	娛賓賦	釋思賦有序
臨觀賦	卷第二	潛志賦	臨觀賦
卷二	潛志賦	玄暢賦有序	潛志賦
賦十首	閒居賦	閒居賦	閒居賦
潛志賦	慰子賦	九愁賦	慰子賦
娛賓賦	敘愁賦并序	敘愁賦有序	敘愁賦有序
閒居賦	又愁思賦	離思賦有序	秋思賦
敘愁賦有序	又九愁賦	釋思賦有序	九愁賦
九愁賦	娛賓賦	幽思賦	娛賓賦
愁思賦	愍志賦并序	愁思賦	愍志賦有序
慰子賦	歸思賦	懷親賦有序	歸思賦

愍志賦有序	靜思賦	慰子賦	靜思賦
歸思賦	卷第三	靜思賦	卷二
靜思賦	感婚賦	歸思賦	賦
卷三	出婦賦	洛神賦有序	感婚賦
賦十一首	洛神賦并序	愍志賦有序	出婦賦
感婚賦	愁霖賦	出婦賦	洛神賦有序
出婦賦	喜霽賦	感婚賦	愁霖賦二首
洛神賦有序	登臺賦	大暑賦	喜霽賦
愁霖賦	九華扇賦	愁霖賦	登臺賦
喜霽賦	寶刀賦有序	又	九華扇賦有序
登臺賦	車渠椀賦	喜霽賦	寶刀賦有序

九華扇賦	迷迭香賦	寶刀賦有序	車渠椀賦
寶刀賦	大暑賦	九華扇賦有序	迷迭香賦
迷迭香賦	卷第四	迷迭香賦	大暑賦
車渠椀賦	神龜賦有序	車渠椀賦	卷三
大暑賦	白鶴賦	酒賦有序	賦
卷四	蟬賦	植橘賦	神龜賦有序
賦十三首	鸚鵡賦	芙蓉賦	白鶴賦
神龜賦并序	鶡賦	槐賦	蟬賦
白鶴賦	離繳鴈賦并序	神龜賦有序	鸚鵡賦
蟬賦	鷂雀賦	白鶴賦	鶡賦有序
鸚鵡賦	蝙蝠賦	鸚鵡賦	離繳雁賦有序

鶡賦有序	芙蓉賦	離繳雁賦有序	鷂雀賦
離繳雁賦	酒賦	鶡賦有序	蝙蝠賦
鷂雀賦	槐賦	鷂雀賦有序	芙蓉賦
蝙蝠賦	植橘賦	蟬賦	酒賦有序
芙蓉賦	**卷第五**	蝙蝠賦	槐賦
酒賦	公宴	遷都賦	橘賦
槐賦	侍太子坐	**騷**	述行賦
述行賦	七哀	九詠	**卷四**
植橘賦	鬬鷄	**令**	**詩**
卷五	元會	黄初五年令	公宴
詩三十八首	送應氏二首	黄初六年令	侍太子坐

公宴	雜詩六首	寫灌均上事令	元會
侍太子坐	喜雨	表	送應氏二首
七哀	離友幷序	求自試表	雜詩六首
鬭鷄	應詔	求通親親表	喜雨
元會	贈徐幹	陳審舉表	離友二首有序
送應氏二首	贈丁儀	諫取諸國士息表	應詔
雜詩六首	贈王粲	諫伐遼東表	贈徐幹
喜雨	又贈丁儀王粲	慶文帝受禪表	贈丁儀
離友有序	贈白馬王彪	慶受禪上禮表	贈王粲
應詔	贈丁翼	龍見賀表	贈丁儀王粲
贈徐幹	朔風	初封安鄉侯表	贈白馬王彪七首有序

白馬篇	梁甫吟	作車帳表	僊人篇
名都篇	丹霞蔽日行	乞田表	妾薄命二首
薤露行	怨歌行	獵表	白馬篇
豫章行二首	善哉行	歐冶表	名都篇
美女篇	君子行	上銀鞍表	薤露行
艷歌	平陵東	謝賜穀表	豫章行二首
遊僊	苦思行	章	美女篇
五游詠	遠遊篇	改封陳王謝章	艷歌
梁甫行	吁嗟篇	封二子爲公謝恩章	遊僊
丹霞蔽日行	鰕䱇篇	書	五遊詠
怨歌行	種葛篇	與楊德祖書	梁甫行

善哉行增補五解六解	浮萍篇	與吳質書	丹霞蔽日行
君子行	惟漢行	與司馬仲達書	怨歌行
平陵東	當來日大難	與陳琳書	善哉行
苦思行	野田黃雀行	與丁敬禮書	當來日大難
遠遊篇	門有萬里客	答崔文始書	君子行
吁嗟篇	怨歌行	序	平陵東
鰕䱇篇	桂之樹行	前錄自序	苦思行
種葛篇	當牆欲高行	柳頌序	遠遊篇
浮萍篇	當欲遊南山行	酈生頌序	吁嗟篇
惟漢行	當事君行	七	鰕䱇篇
當來日大難	當車以駕行	七啓	種葛篇

野田黃雀行	飛龍篇	七啓	浮萍篇
門有萬里客	盤石篇	七略	惟漢行
怨歌行一首七解	驅車篇	**論**	門有萬里客
桂之樹行	**卷第七**	魏德論	桂之樹行
當牆欲高行	皇子生頌	漢二祖優劣論	當牆欲高行
當欲遊南山行	玄俗頌	成王漢昭論	當欲遊南山行
當事君行	母儀頌	相論	當事君行
當車以駕行	明賢頌	辯道論	當車以駕行
飛龍篇	孔子廟頌	又	飛龍篇
盤石篇	學官頌	令禽惡鳥論	盤石篇
驅車篇	社頌	仁孝論	驅車篇

補遺	宜男花頌	輔臣論	鼙舞歌五首有序
聖皇篇	冬至獻襪頌	征蜀論	聖皇篇、靈芝篇、大魏篇、精微篇、孟冬篇、
棄婦篇	庖犧贊	又魏德論略	棄婦篇
卷七	女媧贊	**說**	長歌行
頌九首	神農贊	籍田說	苦熱行
皇子生頌	黃帝贊	又	結客篇
玄俗頌	少昊贊	髑髏說	陌上桑
母儀頌	顓頊贊	畫說	天地篇
明賢頌	帝嚳贊	說疫氣	樂府歌
孔子廟頌	帝堯贊	又	樂府
學官頌	帝舜贊	**謳**	樂府歌詞

社頌
宜男花頌
冬至獻襪頌
贊二十九首
庖犧贊
女媧贊
神農贊
黃帝贊
少昊贊
顓頊贊
帝嚳贊

夏禹贊
殷湯贊
湯禱桑林贊
周文王贊
周武王贊
周公贊
周成王贊
漢高帝贊
漢文帝贊
漢武帝贊
漢景帝贊

魏德論謳
甘露
連理木
穀
禾
鵲
鳩
碑
制命宗聖侯孔羡奉家祀碑
頌
皇子生頌

附遺句
卷六
頌
皇子生頌
玄俗頌
母儀頌
明賢頌
學官頌有序
社頌有序
宜男花頌
冬至獻襪履頌有表

漢景帝贊
漢武帝贊
姜嫄簡狄贊
禹妻贊
班婕妤贊
吹雲贊
赤雀賦贊
巢父贊
務光贊
商山四皓贊
三鼎贊

卷第八

改封陳王謝恩章
封二子爲公謝恩章
初封安鄉侯表
謝妻改封表
自試表
求自試表二首
謝賜柰表
諫伐遼東表
獻璧表
獻文帝馬表

女媧贊
神農贊
黃帝贊
黃帝三鼎贊
少昊贊
顓頊贊
帝嚳贊
帝堯贊
帝舜贊
帝舜贊
夏禹贊

帝舜贊
夏禹贊
殷湯贊
湯禱桑林贊
周文王贊
周武王贊
周公贊
周成王贊
漢高帝贊
漢文帝贊
漢景帝贊

行女哀辭		野田黃雀行	黃初五年令
仲雍哀辭		門有萬里客	黃初六年令
卷十		泰山梁甫行	寫灌均上事令
論六首		怨詩行	文
漢二祖優劣論		怨歌行	誥咎文有序
相論		鼙舞歌五首有序	釋愁文
辯道論		聖皇篇	七
令禽惡鳥論		靈芝篇	七啓有序
魏德論		大魏篇	七咨
魏德論謳		精微篇	詠
穀		孟冬篇	九詠

禾		桂之樹行	**序**
鵲		當牆欲高行	柳頌序
鳩		當欲游南山行	前錄自序
說二首		當事君行	酈生頌序
籍田說		當車以駕行	遷都賦序
髑髏說		妾薄命二首	畫贊序
		名都篇	**書**
		美女篇	與司馬仲達書
		白馬篇	與楊德祖書
		苦思行	與吳季重書
		升天行二首	與陳琳書

		五遊篇	與丁敬禮書
		遠游篇	答崔文始書
		仙人篇	卷九
		飛龍篇	論
		鬭鷄篇	漢二祖優劣論
		磐石篇	相論
		驅車篇	辯道論
		種葛篇	令禽惡鳥論
		棄婦篇	魏德論
		詩	魏德論謳
		上責躬應詔詩	穀

		應詔詩	禾
		朔風詩	鵲
		矯志詩	鳩
		元會詩	甘露
		閨情	連理木
		公讌詩	成王漢昭論
		侍太子坐	仁孝論
		贈徐幹	輔臣論七首
		贈丁儀	征蜀論
		贈王粲	說
		又贈丁儀王粲	籍田說二首

贈丁翼	髑髏說
贈白馬王彪七首	畫說
送應氏詩二首	說疫氣二首
三良詩	卷十
遊仙詩	誄
雜詩六首	任城王誄有序
閨情一作雜詩	大司馬曹休誄
七哀詩	光祿大夫荀侯誄
情詩	平原懿公主誄
喜雨詩	武帝誄有序
七步詩	文帝誄有序

		失題	卞太后誄有表並序
		離友詩二首並序	王仲宣誄有序
		妒詩	蒼舒誄有序
		髑髏詩	**哀辭**
		豔歌	金瓠哀辭有序
		樂府	行女哀辭有序
		芙蓉池	仲雍哀辭
		言志	
		雜詩	
		補遺	
		正會詩	

第四章 曹子建詩之情感

		樂府詩	
		古詞	
		樂府	
		苦熱行	
		結客篇	
		樂府歌辭	
		陌上桑	
		雜詩	
		遺句	

子建爲人，情最深厚。對於故君，有惓惓不忘之心；對於兄弟，有責己恕人之意。子桓雖忌心甚重，百計陷害；而子建仍不稍露恨意，敬愛如常，所謂以德報怨者此也。及任城王爲子桓忌死，子建傷感不已。故其贈白馬王彪詩有曰：

「太息將何爲？天命與我違。奈何念同生，一往形不歸；孤魂翔故域，靈柩寄京師。存者忽復過，亡歿身自衰。人生處一世，去若朝露晞。年在桑榆間，景響不能追。自顧非金石，咄唶令心悲。」

子建既懷友于之痛，復自傷生世，宜其詩之富於哀感也。

子建交友不濫，故情誼甚篤。相見時飲酒聚談，其樂無極；一旦離別，則情懷繾綣，悲歌慷慨。其送應氏詩第二首云：

「清時難屢得，嘉會不可常。天地無終極，人命若朝霜。願得展重婉，我友之朔方。親昵並集送，置酒此河陽。中饋豈獨薄？賓飲不盡觴。愛至望苦深，豈不愧中腸？山川阻且遠，別促會日長。願爲比翼鳥，施翮起高翔。」

別時如此；但別離之後，則轉變達觀。以爲丈夫志在四海，曷能不別離乎？其贈白馬王彪詩第六首

云

『心悲動我神！棄置莫復陳。丈夫志四海，萬里猶比鄰。恩愛苟不虧，在遠分日親。何必同衾幬，然後展慇懃？憂思成疾疢，無乃兒女仁？倉猝骨肉情，能不懷苦辛？』

既慇懃而又曠達，不爲情感所束，不爲意志所驅，殆剛柔相濟者也。古來詩人或流於靡弱，或失於偏激，求如子建其人者，殆不多見。

子建富有同情心，雖位爲王公，亦深知民生之疾苦。其贈丁儀詩云：

『朝雲不歸山，霖雨成川澤，黍稷委疇隴，農夫安所獲？在貴多忘賤，爲恩誰能博？狐白足禦冬，焉念無衣客？』

其憫農愛士之心，昭然若揭。或謂子建仁愛之性，發於自然，其言良信。

惟其有如此眞情，故極風流瀟洒。對於儒教，雖甚尊崇；而於泥古之徒，卻不贊許。其贈丁翼詩有云：

『滔蕩固大節，世俗多所拘。君子通大道，無願爲世儒。』

子建蓋以爲人生於世，爲君子，爲聖人，而不必拘執於禮教之形式方面。有君子之心者謂之君子；有君子之形式而心爲小人者，仍不得謂之君子也。

子建之詩時有美人香草之句，不知其別有寄託歟？抑直寫愛情歟？如閨情云：

『攬衣出中閨，逍遙步兩楹。閒房何寂寞，綠草被階庭。空穴自生風，百鳥翔南征。春思安可忘？憂戚與君幷。佳人在遠道；妾身單且煢。歡會難再逢，芝蘭不重榮。人皆棄舊愛，君豈若平生？寄松爲女蘿，依水如浮萍。齎身奉衿帶，朝夕不墮傾。儻終顧盼恩，永副我中情。』

其二云：

『有一美人，被服纖羅，妖姿豔麗，蓊若春華，紅顏韡曄，雲髻嵯峨。彈琴撫節，爲我絃歌。淸濁齊均，既亮且和。取樂今日，遑恤其他？』

總之，子建多情，故能寫情極其細嫩。雜詩中有云：

『妾身守空閨。良人行從軍。自期三年歸，今已歷九春。飛鳥遶樹翔，噭噭鳴索羣。願爲南流景，馳光見我君。』

將征婦之幽情，寫得何等纏綿，不啻其自訴。其筆力極高強，一事一物，凡經過其陶鑄而成詩者，無不娓娓動人，情態畢現，讀者味之，宛如親覩。有散文之清暢而流麗過之；如音樂之動情，而意味益厚。如妾薄命一篇，以「皎若日出扶桑」一語，形容當夜鐙燭之輝煌；以「袖隨禮容極情，妙舞仙仙體輕，裳解履遺絕纓，俛仰笑喧無呈」形容美人之艷態，可謂盡致；更以「齊舉金爵翠盤，手形羅袖良難，腕弱不勝珠環」三語，狀出纖弱之體態，讀者宛若親接，何其描寫之細膩也？

大凡情之重者，每愛好自然界，子建常作詩詠之。其公宴詩云：

「清夜遊西園，飛蓋相追隨。明月澄清景，列宿正參差；秋蘭被長坂，朱華冒綠池；潛魚躍清波；好鳥鳴高枝；神飈接丹轂；輕輦隨風移。飄颻放志意，千秋長若斯。」

用字既妙，寫景亦眞，歌詠之下，宛如親見。今人常謂中國詩近於繪畫，英國詩近於音樂，信然。

子建非僅工於描寫，且善記事。凡瑣碎小事，在他人記之，必毫無趣味；然一經子建曲折道來，便覺有無窮之意。如門有萬里客記一遠行客云：

「門有萬里客。問君何鄉人？褰裳起從之，果得心所親。挽衣對我泣，太息前自陳：本是朔方士，今爲吳越民;行行將復行,去去適西秦。」

初言其太息哭泣,以見其哀;再則將其故鄉客地,相並道出,以見其萍飄無定;末言其去之決心,及不忍去又不得不去之意;意味含蘊深極。若由他人平淡直說,則必索然無味矣。

子建爲人固極有俠氣者,讀其送應氏詩,及白馬篇、名都篇足知之矣。嘗有撫劍定天下,輔主安民之豪志;惜不得大用,無以竟其志耳。然氣量宏大,雖不見用,以至於受讒害,亦不怨人。魏志本傳謂:「植就國。黃初二年,謁者灌均希旨奏植醉酒悖慢,刼脅使者。有司請治罪。帝以太后故,貶爵安鄉侯。」而植竟不怨恨,反自責甚重,作責躬詩曰:

「伊爾小子,恃寵驕盈。舉挂時網,動亂國經。作藩作屏,先軌是隳。傲我皇使,犯我朝儀。國有典刑,我削我黜。將寘於理,元兇是率。明明天子,時惟篤類。不忍我刑,暴之朝肆。違彼執憲,哀予小子。改封兗邑,於河之濱。股肱弗置,有君無臣。荒淫之闕,誰弼余身?煢煢僕夫,於彼冀方。嗟予小子,乃罹斯殃。赫赫天子,恩不遺物。冠我玄冕,要我朱紱。……」

此其忠厚之情,亦非他人所及。

子建素抱樂天主義，以爲流光易逝，一去不來，人當及時行樂存知命之心，則雖死亦所不恨矣。箜篌引云：

『置酒高殿上，親友從我遊。中廚辦豐膳，烹羊宰肥牛。秦箏何慷慨，齊瑟和且柔。陽阿奏奇舞，京洛出名謳。樂飲過三爵，緩帶傾庶羞。主稱千金壽，賓奉萬年酬。久要不可忘，薄終義所尤。謙謙君子德，磬折何所求？驚風飄白日，光景馳西流。盛時不再來，百年忽我遒。生存華屋處，零落歸山丘。先民誰不死？知命復何憂？』

其整個的人生觀，全在此詩現出；然彼何以能知命邪？蓋彼甚明悲樂相對之理，而知徒悲之不足以濟苦也。其雜詩中曾有『沈憂令人老』之句，可知其意矣。

顧子建後因受環境之束縛，事事違意，雖有莊生之達觀，能不悲從中來；故隨與所至，輒記物以舒懷，而象徵之詩見矣。然象徵之作，類多神祕，其言可解，其旨難明；假非眞知作者之歷史而妄爲論釋，未有不流於大謬者。學者每謂子建詩中幾無首不是忠君，無首不是譏刺，此求深之過也。

然則子建象徵體之詩果何在乎？曰：多在無題詩中，或雜詩中。如雜詩六首之二云：

『南國有佳人，容華若桃李。朝遊北海岸，夕宿瀟湘沚。時俗薄朱顏，誰爲發皓齒。俯仰歲將莫，榮耀難久恃。』

此詩以佳人自喻，五六兩句，喻其懷利器而無所施也。旨意似隱似顯，細味自見。又美女篇云：

『借問女何居？乃在城南端，青樓臨大路，高門結重關。容華耀朝日，誰不希令顏。媒氏何所營？玉帛不時安。佳人慕高義，求賢良獨難。衆人徒嗷嗷，安知彼所觀。盛年處房室，中夜起長歎。』

此詩亦以美女自喻，以見其進身之愼。其最著之象徵詩，莫如七步詩一首。世說記文帝嘗令東阿王七步中作詩，不成者行大法。應聲便爲詩曰：

『煮豆燃豆萁，漉豉以爲汁。萁在釜下然，豆在釜中泣。本是同根生，相煎何太急？』

以萁豆之相煎，喻兄弟之相害，文帝聞之，乃有慚色。然詩未明言，可謂善諷者矣。

子建屬思，有如白雲飄舞，蓬轉無常；又如淸波鱗鱗，相馳並逐。如善哉行中忽而言飲酒，忽而言學仙，忽而言報恩，忽而言觀天，其意轉變無可捉摸。又如吁嗟篇忽言遇回風而升天，忽言下沈田，忽又歸中田，奇詭百出，幻變萬端，令人讀之興味無窮。

子建對於詩之形式，亦時有創作。如當事君行以一句六言，一句五言相間；又如桂之樹行，當牆欲高行當欲遊南山行，等忽三言，忽六言，忽五言，忽四言，忽又七言，言可長可短，韻忽合忽轉，開後世長短歌行一派而其整麗處，則又爲後世律詩之先河。故子建於詩，實開後人無數法門。文心雕龍明詩篇稱爲『兼善』良非阿好；其在文學史上之地位，蓋可見矣。

第五章　諸家對於曹子建詩之評論

著者對於子建詩之觀念與批評，約如上述。今將古來學者之評論，蒐集於下，分爲三類：（甲）子建詩之淵源；（乙）子建詩品質之批評；（丙）子建詩在文學史上之地位：一一詳列，以便觀覽焉。

（甲）子建詩之淵源：

一、詩品曰：『植詩源出於國風。』

二、宋書謝靈運傳論曰：『原其飈流所始，莫不同祖風騷。』

三、丁晏曰：『鍾嶸詩品謂陳思王詩原出於國風，千古卓識。要之詩人正宗，如唐之李杜大家，皆自三百篇得來。』

（乙）子建詩之品質：

一、詩品曰：『骨氣奇高，詞采華茂，情兼雅怨，體備文質，粲溢今古，卓爾不羣。』

二、奇賞曰：『江淹云「心頑質堅，偏好冥默」是自寫照句。然魏極矜琢，有曹植之澹雅；梁極綺繡，有江淹之孤寂；皆可賞也。』

三、史評曰：『陳思文才富艷，足以自通後葉。第不能克謙遠防，終至擕隙。』

四、宋書謝靈運傳論曰：『子建仲宣以氣質爲體，並標能擅美，獨映當時。』

五、文心雕龍明詩篇曰：『暨建安初，五言騰踊。文帝陳思，縱轡以騁節；王徐應劉，望路而爭驅。並憐風月，狎池苑，述恩榮，敍酣宴，慷慨以任氣，磊落以使才；造懷指事，不求纖密之巧；驅辭逐貌，唯取昭晰之能；此其所同也。』

又曰：『若夫四言正體，雅潤爲本；五言流調，清麗居宗；華實異用，唯才所安。故平子得其雅，叔夜含其潤，茂先凝其清，景陽振其麗，兼善則子建、仲宣，偏美則太冲、公幹。』

又樂府篇曰：『秦燔樂經，漢初紹復。至於魏之三祖，氣爽才麗，宰割辭調，音靡節平。觀其北上衆引，秋風列篇，或述酣宴，或傷羈戍，志不出於慆蕩，辭不離於哀思，雖三調之正聲，實韶夏之鄭曲也。』

又時序篇曰：『陳思以公子之豪，下筆琳琅。』

又才略篇曰：『子建思捷而才儁，詩麗而表逸。』

六、文中子事君篇曰：『君子哉思王也，其文深以典。』

七、元稹杜甫墓志曰：『建安之後，天下文士遭罹兵戰，曹氏父子鞍馬間爲文，往往橫槊賦詩。故其遒文壯節，抑揚怨哀悲離之作，尤極於古。』

八、敖陶孫詩評曰：『曹子建如三河少年，風流自賞。』

九、陳繹曾詩譜曰：『陳思王斵削清潔，自然沈健。』

十、藝苑卮言曰：『子建謁帝承明廬、明月照高樓，非鄴中諸子可及。』

十一、談藝錄曰：『曹丕資近美媛，遠不逮植；然植之才，不堪整栗亦有憾焉。……子建之雜詩六首，可入十九首，不能辨也。』

十二、李夢陽曰：『予讀植詩，至瑟調、怨歌、贈白馬、浮萍等篇，暨觀求試、審舉等表，未嘗不泫然出涕也。曰：嗟乎！植，其音宛，其情危，其言憤切而有餘悲，殆處危難之際者乎？』

十三、張溥曰：『余讀陳思王責躬應詔詩，泫然悲之，以為伯奇履霜、崔子渡河之屬。既讀升天、遠遊、仙人、飛龍諸篇，又何翩然遐征覽思方外也？』

十四、施辰賓曰：『子建遭忮文之主，恆內不自安，汲汲無歡，故發於文章，多牢騷結轖之氣。自試非自明之悲憤乎？七啓非七發之滑稽乎？惡鳥非鵩鳥之羅憂乎？求通非賢良之媒進乎？洛神非美人之寄寓乎？筆力並麗遷固，聲歌又等蘇李而上之。』

十五、沈德潛曰：『子建詩五色相宜，八音朗暢，使才而不矜才，用博而不逞博。』

（丙）子建在文學史上之地位：

一、世說新語曰：『曹子建七步成章，世目為繡虎。』

二、宋書謝靈運傳曰：『子建、仲宣以氣質爲體，並標能擅美，獨映當時；是以一世之士，各相慕習。』

三、鍾嶸詩品曰：『陳思爲建安之傑，公幹、仲宣爲輔。陸機爲太康之英，安仁、景陽爲輔。謝客爲元嘉之雄，顏延年爲輔。斯皆五言之冠冕，文詞之命世也。』

四、詩品曰：『陳思之於文章也，譬人倫之有周孔，鱗羽之有龍鳳，音樂之有琴笙，女工之有黼黻。俾爾懷鉛吮墨者，抱篇章而景慕，映餘暉以自燭。故孔氏之門如有詩，則公幹升堂，思王入室，景陽潘陸，自可坐於廊廡之間矣。』

下篇

第一章　曹子建詩選讀

公宴

公子愛敬客，終宴不知疲。清夜游西園，飛蓋相追隨。明月澄清景，列宿正參差；秋蘭被長坂；朱華冒綠池；潛魚躍清波；好鳥鳴高枝。神飇接丹轂，輕輦隨風移。飄颻放志意，千秋長若斯。

王遵巖云：『植蓋爲文帝千秋之祝。』

家大人云『詩爲子桓而作，體亦便似子桓。』

侍太子坐

白日曜靑春；時雨靜飛塵；寒冰辟炎景；涼風飄我身。淸醴盈金觴；肴饌縱橫陳。齊人進奇樂；歌者出西秦。翩翩我公子，機巧忽若神。

送應氏

文選六臣注，良曰『送應璩瑒兄弟。時董卓遷獻帝於西京，洛陽被燒，故多言荒蕪之事。』

步登北邙阪，遙望洛陽山。洛陽何寂寞，宮室盡燒焚。垣牆皆頓擗，荊棘上參天。不見舊耆老，但覩新少年。側足無行逕，荒疇不復田。游子久不歸，不識陌與阡。中野何蕭條，千里無人煙。念我平生親，氣結不能言。

丁晏云：『孫月峯謂詩傷漢室，此言得之。時董卓遷獻帝於西京，洛陽燒焚，故言之沈痛若此。黍離麥秀之感，惻然傷懷。其後爲漢帝發喪悲哭，其志可哀，其人深可敬。』

家大人云：『此言戰禍之慘耳；若必牽及愛君，未免強說。』

其二

淸時難屢得；嘉會不可常。天地無終極；人命若朝霜。願得展嬿婉，我友之朔方。親昵並集送，置酒此河陽。中饋豈獨薄？賓飲不盡觴。愛至望苦深，豈不愧中腸？山川阻且遠，別促會日長。願爲比翼鳥，施翮起高翔。

何大復云：『此專美送別意。』

雜詩

王元美云：『子建之雜詩六首，子桓之雜詩二首，可入十九首，不能別也。若仲宣、公幹，便覺自遠。』

高臺多悲風，朝日照北林。之子在萬里，江湖迥且深。方舟安可極，離思故難任。孤雁飛南游，過庭長哀吟。翹思慕遠人，願欲記遺音。形景忽不見，翩翩傷我心。

汪伯玉云：『欲託遺音於遠人，而形影忽不見，蓋心神注想之極，恍惚有無間也。』

其二

轉蓬離本根，飄颻隨長風。何意迴飆舉，吹我入雲中。高高上無極，天路安可窮？類此游客子，捐軀遠從戎。毛褐不掩形，薇藿常不充。去去莫復道，沈憂令人老。

李獻吉云：『此與本傳所載吁嗟此轉蓬詞意，實相表裏。』

丁晏云：『結語換韻如變徵聲。』

其三

西北有織婦，綺縞何繽紛。明晨秉機杼，日昃不成文。太息終長夜，悲嘯入青雲。妾身守空閨，良人行從軍。自期三年歸，今已歷九春。飛鳥遶樹翔，噭噭鳴索羣。願爲南流景，馳光見我君。

汪伯玉云：『晨秉機杼而日昃不成文，其懷抱可知。植蓋用閨婦自悲也。』

其四

南國有佳人，容華若桃李。朝遊北海岸，夕宿瀟湘沚。時俗薄朱顏，誰爲發皓齒。俯仰歲將暮，榮耀難久恃。

劉會孟云：『此借佳人爲喻，以自悲也。』

其五

僕夫早嚴駕，吾行將遠遊。遠遊欲何之？吳國爲我仇。將騁萬里塗，東路安足由。江介多悲風，淮泗馳急流。願欲一輕濟，惜哉無方舟。閒居非吾志，甘心赴國憂。

其六

飛觀百餘尺，臨牖御欞軒。遠望周千里，朝夕見平原。列士多悲心，小人媮自閒。國讎亮不塞，甘心思喪元。拊劍西南望，思欲赴泰山。絃急悲聲發，聆我慷慨言。

楊用脩云：『二詩有淋漓慷慨之氣。』

離友 有序

鄉人有夏侯威者，少有成人之風。余尚其爲人，與之昵好。王師振旅，送予於魏邦，心有眷然，爲之隕涕，乃作離友之詩。其辭曰：

王旅旋兮背故鄉。彼君子兮篤人綱。滕予行兮歸朔方。馳原隰兮尋舊疆。車載奔兮馬繁驤。涉浮濟兮汎輕航。迄魏都兮息蘭房。展宴好兮惟樂康。

其二

涼風肅兮白露滋。木感氣兮柔葉辭。臨淥水兮登重基。折秋華兮采靈芝。尋永歸兮贈所思。感離隔兮會無期。伊鬱悒兮情不怡。

應詔

丁晏云：『按應詔當在黃初三年，子建到關，不得見太后。故此詩云「嘉詔未賜，朝覲莫從。」』

肅承明詔，應會皇都。星陳夙駕，秣馬脂車。命彼掌徒，肅我征旅。朝發鸞臺，夕宿蘭渚。芒芒原隰，祁祁士女。經彼公田，樂我稷黍。爰有樛木，重陰匪息；雖有餱糧，饑不遑食。望城不過，面邑不遊。僕夫警策，平路是由。玄駟藹藹，揚鑣漂沫。流風翼衡，輕雲承蓋。涉澗之濱，緣山之隈。遵彼河滸，黃阪是階。西濟關谷，或降或升。騑驂倦路，載寢載興。將朝聖皇，匪敢晏寧。弭節長騖，指日遄征。前驅舉燧，後乘抗旌。輪不輟運，鸞無廢聲。爰曁帝室，稅此西墉。嘉詔未賜，朝覲莫從。仰瞻城閾，俯惟闕庭。長懷永慕，憂心如酲。

劉會孟云：『形容急趨君命處，遙在目前。』

又云：『敍途次經歷及稅駕西墉，綽有序次。』

家大人云：『體態安詳。』

贈徐幹

驚風飄白日，忽然歸西山；圓景光未滿，衆星粲以繁。志士營世業，小人亦不閒。聊且夜行遊，遊彼雙闕間。文昌鬱雲興，迎風高中天。春鳩鳴飛棟，流猋激櫺軒。顧念蓬室士，貧賤誠足憐；薇藿弗充虛，皮褐猶不全。慷慨有悲心，興文自成篇。寶棄怨何人？和氏有其愆。彈冠俟知己，知己誰不然。良田無晚歲，膏澤多豐年。亮懷璵璠美，積久德愈宣。親交義在敦，申章復何言。

劉坦之云：『觀宮殿臺觀，可見魏都氣象。』

家大人云：『「寶棄怨何人，和氏有其愆」可見子建待友人之責任心。「彈冠俟知己，知己誰不然」可見子建當時之無力引進。末勉以積德，尤見子建愛友之心。』

贈丁儀

文選李善注云：『集云：「與都亭侯丁翼」今云：儀，誤也。』

初秋涼氣發，庭樹微銷落。凝霜依玉除，淸風飄飛閣。朝雲不歸山，霖雨成川澤。黍稷委疇隴，農夫安所獲？在貴多忘賤，爲恩誰能博？狐白足禦冬，焉念無衣客？思慕延陵子，寶劍非所惜。子其寧爾心，親交義不薄。

劉坦之云：『大意與徐幹篇略同。』

丁晏云：『貧賤之交不可忘出之王公貴人，尤爲難得。愛士憫農，自從肺腑流出。有賢如此，可敬可佩。丁敬禮謂臨淄侯仁孝之性，發於自然，信不虛也。』

家大人云：『「狐白足禦冬，焉念無衣客；」杜拾遺乃爲之進一步曰：「朱門酒肉臭，路有凍死骨。」』

又云：『「思慕延陵子，寶劍非所惜，」足見子建許友之誠。』

贈王粲

端坐苦愁思，攬衣起西游。樹木發春華，清池激長流。中有孤鴛鴦，哀鳴求匹儔。我願執此鳥，惜哉無輕舟。欲歸忘故道，顧望但懷愁。悲風鳴我側，羲和逝不留。重陰潤萬物，何懼澤不周。誰令君多念，遂使懷百憂。

劉坦之云：『仲宣因西京擾亂，乃之荊州，依劉表，以其貌寢體弱，不甚見重。及表卒，勸子琮歸魏。是仲宣有思魏之心，故子建贈此詩。』

丁宴云：『憂深思遠，其小弁之怨乎？風雅而後，此其嗣音矣。』

家大人云：『結出志士多苦心之意。』

贈丁儀王粲

文選李善注云：『集云「答丁敬禮、王仲宣。」今云儀，誤也。』

從軍度函谷，驅馬過西京。山岑高無極，涇渭揚濁清。壯哉帝王居，佳麗殊百城。員闕出浮雲，承露概泰清。皇佐揚天惠，四海無交兵。權家雖愛勝，全國爲令名。君子在末位，不能歌德聲。丁生怨在朝，王子歡自營。歡怨非貞則，中和誠可經。

劉坦之云：『仲宣從軍詩云：「籌策運帷幄，一由我聖君。」劉公幹詩亦云：「我昔從元后，整駕至南鄉。」是時漢帝尚存，其尊武帝皆已如此；今子建以王佐稱之，特異二子。』

丁晏云：『皇佐二字指太祖，一佐字恪守臣節，大義凜然，詩中之史，賴有此也。七啓稱太祖爲聖宰，亦與皇佐意同。』

又云：『魏志武帝紀建安二十年，魏公西征張魯，自陳倉出散關，攻之不能拔，引軍還，詩中全國令名，隱然著交兵之戒。』

家大人云：『古者諸侯亦稱君與后，故仲宣、公幹得以是稱孟德也。』

又云：『末句「中和」，謂不歡不怨，得其中和也。文選李善注謂：「言歡怨雖殊，俱非忠貞之則；惟有中和樂職，誠可經也。漢書王襄使王褒作中和樂職宣布詩。」謬甚。上旣云「君子在末位，不能歌德聲」，豈作中和樂職之詩邪？』

贈白馬王彪 有序　七首

王元美云：『子建謁帝承明廬，明月照高樓，非鄴中諸子可及，仲宣、公幹遠在下風。吾每至謁帝一章，便數十過不可了，悲惋弘壯，情事理境，無所不有。』

又云：『此詩全法大雅文王之什體，以故首二章不相承耳。後人不知合而爲一者，良可笑也。』

杭世駿云：『志稱七年徙封白馬，而陳思王詩稱四年白馬王朝京師，則當時未有此封，寔稱吳王。』

洪亮吉云：『今考陳思王集云：「黃初四年，五月，白馬王、任城王與余朝京師。」魏氏春秋亦載植是年還國，贈白馬王彪詩。植傳黃初四年徙封雍丘王，則彪徙白馬亦當在此時；傳言七年，或誤也。』

丁宴云：『魏志本傳注引魏氏春秋曰：「是時待遇諸國法峻。任城王暴薨，諸王既懷友于之痛。植及白馬王彪還國，欲同路東歸，以敍隔闊之思；而監國使者不聽，植發憤告離而去。」』

又云：『戀主愛親，纏綿直摯，李善、呂元濟謂憤而成詩是也。愈悲惋，亦愈深厚，小雅怨悱而不亂，子建其近之矣。七章實則一章，長歌當哭，其聲動心。』

黃初四年五月，白馬王、任城王與余俱朝京師，會節氣。到洛陽，任城王薨。至七月，與白馬王還國。後有司以二王歸藩，道路宜異宿止，意每恨之。蓋以大別在數日，是用自剖，與王辭焉。憤而成篇。

其一

謁帝承明廬，逝將歸舊疆。清晨發皇邑，日夕過首陽。伊洛廣且深，欲濟川無梁。汎舟越洪濤，怨彼東路長。顧瞻戀城闕，引領情內傷。

其二

太谷何寥廓！山樹鬱蒼蒼。霖雨泥我塗，流潦浩縱橫。中逵絕無軌，改轍登高岡。修坂造雲日，我馬玄以黃。

劉坦之云：『章首疑脫二句，如下章承上起下之詞。不然，何獨簡古若此邪？』

家大人云：『劉說非是，於此可見古人文體之整而變。』

其三

玄黃猶能進，我思鬱以紆。鬱紆將何念？親愛在離居。本圖相與偕，中更不克俱。鴟梟鳴衡軛，豺狼當路衢。蒼蠅間黑白，讒巧令親疏。欲還絕無蹊，攬轡止踟躕。

劉坦之云：『文帝信讒，不克與偕，故其憂思鬱紆，不特為別彪而言，觀其「欲還無蹊」一語，可見矣。』

丁晏云：『直言不諱，鴟梟四語，指監國使者，巷伯之嫉讒也。』

其四

踟躕亦何留？相思無終極。秋風發微涼，寒蟬鳴我側。原野何蕭條，白日忽西匿。歸鳥赴喬林，翩翩厲羽翼。孤獸走索羣，銜草不遑食。感物傷我懷，撫心長太息。

其五

太息將何爲？天命與我違。奈何念同生，一往形不歸。孤魂翔故域，靈柩寄京師。亡歿忽復過，存者身自衰。各本作存者忽復過亡歿身自衰劉坦之云存者亡歿四字疑錯家大人云劉說是也宜訂正人生處一世，去若朝露晞。年在桑榆間，景響不能追。自顧非金石，咄唶令心悲。

丁晏云：『任城、陳王同爲卞太后所生。時任城已爲文帝忌死，焉得不痛。』

又云：『世說新語文帝以棗毒死任城。太后曰：「汝已殺我任城，不得復殺我東阿，」與當時情事頗合。魏志不言毒死，陳氏曲筆諱之也。』

其六

心悲動我神，棄置莫復陳。丈夫志四海，萬里猶比鄰。恩愛苟不虧，在遠分日親。何必同衾幬，然後展慇懃？憂思成疾疢，無乃兒女仁？倉猝骨肉情，能不懷苦辛？

家大人云：『忽作曠放語，文勢一振，乃益覺可悲。』

其七

苦辛何慮思，天命信可疑。虛無求列仙，松子久吾欺。變故在斯須，百年誰能持？離別永無會，執手將何時？王其愛玉體，俱享黃髮期。收淚卽長路，援筆從此辭。

丁晏云：『魏志任城王傳注，引魏氏春秋曰：「來朝不得見，忿怒暴薨。」其爲丕疑忌致死，明甚。後以令孤愚、王淩事，賜書切責彪，彪乃自殺。此詩末章言永無會時，已先知之矣。陳王雖以太后故未卽賜死，年四十一卽殁，亦以忌嫉傷生。丕戕手足，其辠貫盈，魏祚所以不永也。』

徐謙云：『第一章惜別，第二章歎逝，第三章憂讒，第四章愁思，第五章悲弟，第六章慰藉，第七章永訣。』

贈丁翼

嘉賓塡城闕，豐膳出中廚。吾與二三子，曲宴此城隅。秦箏發西氣，（丁晏云：韻補一作音）齊瑟揚東謳。肴來不虛歸，觴至反無餘。我豈狎異人？朋友與我俱。大國多良材，譬海出明珠。君子義休偫，小人德無儲。積善有餘慶，榮枯立可須。滔蕩固大節，世俗多所拘。君子通大道，無願爲世儒。

朔風

仰彼朔風，用懷魏都。願騁代馬，倏忽北徂。凱風永至，思彼蠻方。願隨越鳥，翻飛南翔。四氣代謝，縣景運周。別如俯仰，脫若三秋。昔我初遷，朱華未希；今我旋止，素雪云飛。俯降千仞，仰登天阻。風飄蓬飛，載離寒暑。千仞易陟，天阻可越。昔我同袍，今永乖別。子好芳草，豈忘爾貽。繁華將茂，秋霜悴之。君不垂眷，豈云其誠。秋蘭可喻，桂樹冬榮。絃歌蕩思，誰與銷憂？臨川慕思，何爲汎舟？豈無和樂？游非我隣。誰忘泛舟？愧無榜人。

范晞文云：『「昔我往矣，楊柳依依；今我來思，雨雪霏霏。」東坡謂退之「始去杏飛蜂；及歸柳嘶螿。」與詩意同。子建云「昔我初遷，朱華未希；今我旋止，素雪云飛。」又「始出嚴霜結；今來白露晞。」王正長云：「昔往倉庚鳴；今來蟋蟀吟。」顏延年云：「昔辭秋未素；今也歲再華。」退之又居其後也。』

何焯云：『凡四言寫情事大切，便類箴銘。此篇比興多，駕虛淩空，全以意趣勝，故是詩家本色。」

家大人云：『詞旨委婉，與所作五言大別。』

又云：『范晞文云云，可見詩貴創作，不可摹擬。以子建之才，所擬者比於三百篇，便如一龍一豬；然如「子好芳草」四句，無所擬，便覺其可貴。』

矯志

芳樹雖香，難以餌烹；尸位素餐，難以成名。磁石引鐵，於金不連；大朝舉士，愚不聞焉。抱璧塗乞，無爲貴寶；履仁遘禍，無爲貴道。鴛雛遠害，不羞卑棲；靈虯避難，不恥汚泥。都蔗雖甘，杖之必折；巧言雖美，用之必滅。濟濟唐朝，萬邦作孚。逢蒙雖巧，必得良弓；聖主雖知，必得英雄。螳螂見歎，齊士輕戰；越王軾蛙，國以死獻。道遠知驥，世僞知賢。覆之㡡之，順天之矩。澤如凱風，惠如時雨。口爲禁門，舌爲發機。門機之闗，楛矢不追。

譚友夏云：『全篇似古逸詩，古銘，古謠，及子書中鍛鍊佳語，亦四言古最高之格。』

李獻吉云：『抱璧塗乞四字無限悽惋。』

鍾伯敬云：『曹氏四言詩入樂府則妙，入古詩則弱。此篇情事崎嶇，語脈參錯，而氣甚高古，蓋古詩而樂府者也。』

丁晏云：『純是自喻，憂讒畏譏，末以愼言作結，卽駟不及舌意。』

家大人云：『饒有乃父風氣。』

閨情二首

其一

攬衣出中閨，逍遙步兩楹。閒房何寂寞，綠草被階庭。空穴自生風，百鳥翔南征。春思安可忘？憂慼與君幷。佳人在遠道，妾身單且煢。歡會難再逢，芝蘭不重榮。人皆棄舊愛，君豈若平生？寄松爲女蘿，依水如浮萍。齎身奉衿帶，朝夕不墮傾。儻終顧盼恩，永副我中情。

徐伯虬云：『一作雜詩第七首。』

其二

有美一人，被服纖羅。妖姿豔麗，蓊若春華。紅顏韡曄，雲髻嵯峨。彈琴撫節，爲我絃歌。淸濁齊均，既亮且和。取樂今日，遑恤其他。

三良

文選六臣注，良曰：悔不隨武帝死，而託是詩。

功名不可爲，忠義我所安。秦穆先下世，三臣皆自殘。生時等榮樂，既沒同憂患。誰言捐軀易，殺身誠獨難。攬涕登君墓，臨穴仰天歎。長夜何冥冥，一往不復還。黃鳥爲悲鳴，哀哉傷肺肝。

何焯云：『此首全是自傷，出筆二語便見心曲。古人佳處，正在比興得力耳。』

又云：『此秦公子高上書臣請從死願葬驪山之足者也。魏祚安得長？』

責躬 有表

文選六臣注：『李周翰曰：植嘗與楊修、應瑒等飲酒，醉，走馬於司禁門。文帝即位，念其舊事，徙封鄄城侯。後求見帝，帝責之，置西館，未許朝。故子建獻此詩。』

臣植言：臣自抱釁歸藩，刻肌刻骨，追思罪戾。晝分而食，夜分而寢。誠以天網不可重罹，聖恩難可再恃。竊感相鼠之篇，無禮遄死之義，形景相弔，五情愧赧。以罪棄生，則違古賢夕改之勸；忍垢苟全，則犯詩人胡顏之譏。伏維陛下，德象天地，恩隆父母，施暢春風，澤如時雨。是以不別荊棘者，慶雲之惠也；七子均養者，鳲鳩之仁也；舍罪責功者，明君之舉也；矜愚愛能者，慈父之恩也。是以愚臣徘徊於恩澤而不敢自棄者也。前奉詔書，臣等絕朝，心離志絕，自分黃耇永無執圭之望。不圖聖詔，猥垂齒召。至止之日，馳心輦轂。僻處西館，未奉闕庭。踊躍之懷，瞻望反側，不勝犬馬戀主之情。謹拜表并獻詩二首。詞旨淺末，不足采覽；貴露下情，冒顏以聞。臣植誠惶誠恐，頓首頓首，死罪死罪。

於穆顯考，時維武皇，受命於天，寧濟四方。朱旗所拂，九土披攘。玄化滂流，荒服來王。超商越周，與唐比蹤。篤生我皇，亦世載聰。武則肅烈，文則時雍。受禪於漢，君臨萬邦。萬邦既化，率由舊則。廣命懿親，以藩王國。帝曰：爾侯，君茲青土，奄有海濱，方周于魯。車服有輝，旗章有敘，濟濟雋乂，我弼我輔。伊爾小子，恃寵驕盈。舉挂時網，動亂國經。作藩作屏，先軌是隳。傲我皇使，犯我朝儀。國有典刑，我削我黜。將寘于理，元兇是率。明明天子，時維篤類。不忍我刑，暴之朝肆。違彼執憲，哀予小子。改封兗邑，于河之濱。股肱弗置，有君無臣。荒淫之闕，誰弼余身？煢煢僕夫，于彼冀方。嗟余小子，乃罹斯殃。赫赫天子，恩不遺物。冠我玄冕，要我朱紱。光光天使，我榮我華。剖符授玉，王爵是加。仰齒金璽，俯執聖策。

皇恩過隆，祗承怵惕。咨我小子，頑凶是嬰。逝慚陵墓，存愧闕庭。匪敢傲德，實恩是恃。威靈改加，足以沒齒。昊天罔極，生命不圖。常懼顛沛，抱罪黃壚。願蒙矢石，建旗東嶽。庶立毫氂，微功自贖。危軀授命，知足免戾。甘赴江湘，奮戈吳越。天啓其衷，得會京畿。遲奉聖顏，如渴如饑。心之云慕，愴矣其悲！天高聽卑，皇肯照微！

情詩

微陰翳陽景，淸風飄我衣。游魚潛淥水，翔鳥薄天飛。眇眇客行士，徭役不得歸！始出嚴霜結，今來白露晞。遊者歎黍離，處者歌式微。慷慨對嘉賓，悽愴內傷悲。

李獻吉云：『微陰、陽景，喻曹之於漢，觀後黍離、式微可見。』

家大人云『此只是行役之苦耳不必多所牽合。』

妬

嗟爾同衾，曾不是志？寧彼冶容，安此妬忌？

丁晏云：『此借同衾以喻兄弟也。』

芙蓉池

逍遙芙蓉池，翩翩戲輕舟！南陽棲雙鵠，北柳有鳴鳩。

劉坦之云：『五言絕之祖。』

雜詩

悠悠遠行客，去家千餘里。出亦無所之，入亦無所止。浮雲翳日光，悲風動地起。

家大人云：『「出亦無所之，入亦無所止，」與詩蓼莪篇「出自銜恤，入則靡至。」一樣傷心語；而「出亦無所之，」不寫出銜恤，尤覺悅惚迷離之致。』

言志

慶雲未興時，雲龍潛作魚。神鸞失其儔，還從燕雀居。

七步詩

世說新語：『文帝嘗令東阿王七步中作詩，不成者行大法，應聲爲詩云云，帝深有慚色。』

詩紀云：『本集不載，疑出傳會。』

丁晏云：『此詩，程僅有四句，張據世說新語三所引爲正文，又以四句者爲附注；蓋傳者不同，故有詳略之異，非有二詩也。』

家大人云：『本集不盡可據，恐因避諱削去也。』

煮豆然豆萁，漉豉以爲汁！萁在釜下然，丁晏云此二句程脫依世說補豆在釜中泣！本自同根生，相煎何太急?

失題

雙鶴俱遠游，相失東海旁。雄飛窟北朔，雌驚赴南湘。棄我交頸歡，離別各異方。不惜萬里道，但恐天網張。

第二章　曹子建樂府選讀

丁晏云：『陳王樂府，如和璧隨珠，希世之寶，異采陸離，令讀者愛玩不忍釋手。昭明選篋、美女、白馬、名都四篇，未盡其長。』

又云：『華縟中有忠愛至性，所以可貴。建安風骨高騫，非後來浮靡所及。』

箜篌引

置酒高殿上，親友從我遊。中廚辦豐膳，烹羊宰肥牛。秦箏何慷慨？齊瑟和且柔。陽阿奏奇舞，京洛出名謳。樂飲過三爵，緩帶傾庶羞。主稱千金壽，賓奉萬年酬。久要不可忘，薄終義所尤。謙謙君子德，磬折何所求？驚風飄白日，光景馳西流。盛時不再來，百年忽我遒。生存華屋處，零落歸山丘。先民誰不死？知命復何憂！

王遵巖云：『此詞亦欲使知友存交情，爲善事，及行樂以保天年。』

野田黃雀行

高樹多悲風，海水揚其波。利劍不在掌，結友何須多？不見籬間雀，見鷂自投羅。羅家得雀喜，少年見雀悲。拔劍捎羅網，黃雀得飛飛。飛飛摩蒼天，來下謝少年。

鍾伯敬云：『仁人亦復是俠客。』

譚友夏云：『儲光義野田黃雀行以外數首，皆出於此。無君子心腸，無佛性行徑，無少年意氣，而長於風雅者，末也。』

七哀

明月照高樓，流光正徘徊。上有愁思婦，悲歎有餘哀。借問歎者誰？言是宕子妻。君行踰十年，孤妾常獨棲。君若清路塵，妾若濁水泥。浮沈各異勢，會合何時諧？願爲西南風，長逝入君懷。君懷良不開，賤妾當何依？

丁晏云：『此其望文帝悔悟乎？結尤悽惋。』

家大人云：『寄託遙深，纏綿悱惻，不必定其爲何而作也。』

升天行二首

其一

乘蹻追術士，遠之蓬萊山。靈液飛素波，蘭桂上參天。玄豹遊其下，翔鶤戲其巔。乘風忽登舉，彷彿見衆仙。

其二

扶桑之所出，乃在朝陽谿。中心陵蒼昊，布葉蓋天涯。日出登東榦，既夕沒西枝。願得紆陽轡，回日使東馳！

仙人篇

仙人攬六著，對博太山隅。湘娥拊琴瑟，秦女吹笙竽。玉樽盈桂酒，河伯獻神魚。四海一何局，九州安所如？韓終與王喬，要我於天衢。萬里不足步，輕舉陵太虛。飛騰踰景雲，高風吹我軀。迴駕觀紫薇，與帝合靈符。閶闔正嵯峨，雙闕萬丈餘。玉樹扶道生，白虎夾門樞。驅風遊四海，東過王母廬。俯觀五嶽間，人生如寄居。潛光養羽翼，進趨且徐徐。不見軒轅氏，乘龍出鼎湖。徘徊九天上，與爾長相須。

郭明龍云：『四海九州二語，見天下無可托足之地。』

妾薄命 二首

其一

攜玉手喜同車。比上雲閣飛除。釣臺蹇產清虛。池塘觀沼可娛。仰汎龍舟綠波。俯擢神草枝柯。想彼宓妃洛河。退詠漢女湘娥。

其二

日月既逝西藏。更會蘭室洞房。華燈步障舒光。皎若日出扶桑。促樽合座行觴。主人起舞盜盤。能者穴觸別端。騰觚飛爵闌干。同量等色齊顏。任意交屬所歡。朱顏發外形蘭。袖隨禮容極情妙舞仙仙。體輕裳解履遺絕纓。俛仰笑喧無呈。覽持佳人玉顏。齊舉金爵翠盤。手形羅袖良難。腕弱不勝珠環。坐者歎息舒顏。御巾裛粉君傍。中有霍納都梁。雞舌五味雜香。進者何人齊姜。恩重愛深難忘。召延親好宴私。但歌杯來何遲。客賦既醉言歸。主人稱露未晞。

鍾伯敬云：『妮妮敍致，不盡情不已。看其音節撫弄停放，遲則生媚，促則生哀，極顧步低昂之妙。』

又云：『極風流人生極富貴家，處極無聊地方能作此想，窮此妙。』

譚友夏云：『處處如意，人人有趣，使見者若在坐上，鍾情麗手，舉玉臺作接。』

又云：『篇中能者作者進者三者各有安頓，用字之妙，最是此等字，極難頓放。』

白馬篇

白馬飾金羈，連翩西北馳。借問誰家子？幽并游俠兒。少小去鄉邑，揚聲沙漠垂。宿昔秉良弓，楛矢何參差。控弦破左的，右發摧月支。仰手接飛猱，俯身散馬蹄。狡捷過猴猿，勇剽若豹螭。邊城多警急，虜騎數遷移。羽檄從北來，厲馬登高堤。長驅蹈匈奴，左顧陵鮮卑。棄身鋒刃端，性命安可懷？父母且不顧，何言子與妻？名在壯士籍，不得中顧私。捐軀赴國難，視死忽如歸。

何大復云：『見乘白馬者故有此曲言人當與事立功，殫心爲國，不可念私圖也。』

何焯云：『此卽所謂閒居非吾志，甘心赴國憂也。』

家大人云：『此卽求自試表之意，讀之令人志壯。』

名都篇

名都多妖女，京洛出少年。寶劍直千金，被服麗且鮮。鬬雞東郊道，走馬長楸間。馳騁未能半，雙兔過我前。攬弓捷鳴鏑，長驅上南山。左挽因右發，一縱兩禽連。餘巧未及展，仰手接飛鳶。觀者咸稱善，衆工歸我妍。我歸宴平樂，美酒斗十千。膾鯉臇胎鰕，炮鼈炙熊蹯。鳴儔嘯匹侶，列坐竟長筵。連翩擊鞠壤，巧捷惟萬端。白日西南馳，光景不可攀。雲散還城邑，清晨復來還。

李夢陽云：『名都居篇之首，故以爲名。刺時人騎射之妙，游騁之樂而忘憂國之心也。』

楊用脩曰：『古書不可妄改。如子建名都篇「寒鼈炙熊蹯，」此舊本也。五臣妄改作「炰鼈。」蓋炰鼈膾鯉，毛詩舊句淺識者孰不以爲寒字誤而從炰字邪？不思寒與炰字形相遠音呼又別，何得誤至此？』

又云：『壤按藝經及周處風土記，以木爲之，前廣後銳，其形如履，長尺四寸，闊三寸。將戲，先側一壤於地，遙以一壤擊之，中者爲上部。』

家大人云：『古人尙武重射獵，故賦如此。』

薤露行

天地無窮極，陰陽轉相因。人居一世間，忽若風吹塵。願得展功勳，輸力於明君。懷此王佐才，慷慨獨不羣。鱗介尊神龍，走獸宗麒麟。蟲獸豈知德，何況於士人？孔氏刪詩書，王業粲已分。騁我逕寸翰，流藻垂華芬。

丁晏云：『自負不凡，有才而不用，魏之所以不競也。』

豫章行 二首

其一

窮達難豫圖，禍福信亦然。虞舜不逢堯，耕耘處中田。太公不遭文，漁釣終渭川。不見魯孔丘，窮困陳蔡間。周公下白屋，天下稱其賢。

其二

鴛鴦自朋親，不若比翼連。他人雖同盟，骨肉天性然。周公穆康叔，管蔡則流言。子臧讓千乘，季札慕其賢。

丁晏云：『末二句自明其心。文中子謂：「陳思以天下讓，而人莫知。」旨哉言乎！』

美女篇

美女妖且閑，采桑岐路間。柔條紛冉冉，落葉何翩翩。攘袖見素手，皓腕約金環。頭上金爵釵，腰佩翠琅玕。明珠交玉體，珊瑚間木難。羅衣何飄飄，輕裾隨風還。顧盼遺光采，長嘯氣若蘭。行徒用息駕，休者以忘餐。借問女何居？乃在城南端。青樓臨大路，高門結重關。容華耀朝日，誰不希令顏？媒氏何所營？玉帛不時安。佳人慕高義，求賢良獨難。衆人徒嗷嗷！安知彼所觀？盛年處房室，中夜起長歎。

譚友夏云：『淒清搖蕩，雖無形影，使千古而下，猶將庶幾遇之。』

鍾伯敬云：『前半說得妖麗，後卻說得高遠，從美女上說出名士風概。』

家大人云：『美女篇可與洛神賦並讀。讀洛神見其鍾情之深；讀美女見其處身之高。』

豔歌

出自薊北門，遙望湖池桑。枝枝自相植，葉葉自相當。

游仙

人生不滿百，歲歲少歡娛。意欲奮六翮，排霧陵紫虛。蟬蛻同松喬，翻迹登鼎湖。翱翔九天上，騁轡遠行游。東觀扶桑曜，西臨弱水流，北極玄天渚，南翔陟丹丘。

陳明卿云：『意之所往，靡所不屆，是之謂游仙。』

五遊詠

九州不足步，願得陵雲翔。逍遙八紘外，遊目歷遐荒。披我丹霞衣，襲我素霓裳。華蓋芳晻藹，六龍仰天驤。曜靈未移景，倏忽造昊蒼。閶闔啓丹扉，雙闕曜朱光。徘徊文昌殿，登陟太微堂。上帝休西櫺，羣后集東廂。帶我瓊瑤佩，漱我沆瀣漿。踟躕玩靈芝，徙倚弄華芳。王子奉仙藥，羨門進奇方。服食享遐紀，延壽保無疆。

丁晏云：『精深華妙，綽有仙姿炎漢以還，允推此君獨步。』

梁甫行

八方各異氣，千里殊風雨。劇哉邊海民，寄身於草墅。妻子象禽獸，行止依林阻。柴門何蕭條，狐兔翔我宇。

鍾伯敬曰：『亦是仁人心眼看出寫出。』

譚友夏云：『妙于用淡。』

丹霞蔽日行

紂爲昏亂，虐殘忠正。周室何隆，一門三聖。牧野致功，天亦革命。漢祚之興，秦階之衰。雖有南面，王道陵夷。炎光再幽，忽滅無遺。

怨歌行

，爲君既不易爲臣良獨難忠信事不顯，乃有見疑患。周公佐成王，金縢功不刊。推心輔王室，二叔反流言。待罪居東國，泫涕常流連。皇靈大動變，震雷風且寒。拔樹偃秋稼，天威不可干。素服開金縢，感悟求其端。公旦事既顯，成王乃哀歎。吾欲竟此曲，此曲悲且長。今日樂相樂，別後莫相忘！

丁晏云：『詞旨切直，陳思而外，惟老杜有此忠悃；此爲詩之正宗，非餘子可及。』

劉坦之云：『子建于明帝爲叔父，借周公之事陳古以諷今，庶其有感焉。』

善哉行

來日大難，口燥脣乾。今日相樂，皆當喜歡。經歷名山，芝草翩翩。仙人王喬，奉藥一丸。自惜袖短，內手知寒。慚無靈輒，以救趙宣。月沒參橫，北斗闌干。親友在門，饑不及餐。歡日尙少，戚日苦多。以何忘憂？彈箏酒歌。淮南八公，要道不煩。參駕六龍，遊戲雲端。

鍾伯敬曰：『忽而飲酒，忽而學仙，忽而報因，無倫無緒，樂府古詞多如此。非獨筆端參錯，蓋當此作者胸中各有段情事，在於言外，直直說不出處』

家大人云：『氣象鬱盤。』

當來日大難

丁晏云：『樂府三十六云：「曹植擬善哉行爲日苦短。」』

日苦短，樂有餘乃置玉樽，辦東廚，廣情故，心相於。闔門置酒，和樂欣欣。遊馬後來，轅車解輪。今日同堂，出門異鄉。別易會難，各盡杯觴。

鍾伯敬曰：『和媚款曲，纏綿紙外。』

君子行

丁晏云：『文選二十七，樂府三十二，均作古辭；唯藝文四十一引爲植作。』

君子防未然，不處嫌疑間。瓜田不納履，李下不整冠。叔嫂不親授，長幼不並肩。和光得其柄，謙恭甚獨難。周公下白屋，吐哺不及餐。一沐三握髮，後世稱聖賢。

鍾伯敬云：『此詩甚平；然能使後來好奇者終日心目間不敢棄之，是古人身分。』

又云：『老成精細，涉世名言。』

李獻吉云：「再詠周公，見當世無汲引者，所以每致贊歎。」

家大人云：「此種已是格言，不宜學。」

平陵東

閶闔開。天衢通被我羽衣。乘飛龍。乘飛龍。與仙期。東上蓬萊采靈芝。靈芝采之可服食。年若王父無終極。

苦思行

綠蘿緣玉樹，光耀燦相暉。下有兩眞人，舉翅翻高飛。我心何踴躍，思欲攀雲追。鬱鬱西嶽巔，石室靑靑與天連。中有耆年一隱士，鬚髮皆皓然。策杖從我遊，教我要忘言。

遠遊篇

遠遊臨四海，俯仰觀洪波。大魚若曲陵，乘浪相經過。靈鼇戴方丈，神嶽儼嵯峨。仙人翔其隅，玉女戲其阿。瓊蕊可療饑，仰首吸朝霞。崑崙本吾宅，中州非我家。將歸謁東父，一舉超流沙。鼓翼舞時風，長嘯激清歌。金石固易弊，日月同光華。齊年與天地，萬乘安足多！

陳仁子曰：『此詩雖言游仙，實涉怨望。』

吁嗟篇

丁晏云：『樂府三十三云：「曹植擬苦寒行爲吁嗟。」』

吁嗟此轉蓬，居世何獨然？長去本根逝，宿夜無休閒。東西經七陌，南北越九阡。卒遇回風起，吹我入雲間。自謂終天路，忽然下沈泉。驚飆接我出，故歸彼中田。當南而更北，謂東而反西。宕宕當何依？忽忘而復存。飄颻周八澤，連翩歷五山。流轉無恆處，誰知吾苦艱？願爲中林草，秋隨野火燔。糜滅豈不痛？願與株荄連。

陳仁子曰：『此詩以轉蓬自況，傷魏文骨肉恩薄，即是煮豆然萁之怨。讀至末語，沉痛入骨。』

鰕䱇篇

丁晏云：『樂府三十云：「曹植擬長歌行爲鰕䱇，一曰鰕䱇篇。」』

鰕䱇游潢潦，不知江海流；燕雀戲藩柴，安識鴻鵠游？世士誠明性，大德固無儔。駕言登五嶽，然後小陵邱。俯觀上路人，勢利惟是謀。讐高念皇家，遠懷柔九州。撫劍而雷音，猛氣縱橫浮。汎泊徒嗷嗷，誰知壯士憂？

王元美云：『壯懷激烈，語亦壯。』

種葛篇

種葛南山下，葛藟自成陰。與君初婚時，結髮恩意深。歡愛在枕席，宿昔同衣衾。竊慕棠棣篇，好樂如瑟琴。行年將晚莫，佳人懷異心。恩紀曠不接，我情遂抑沈。出門當何顧？徘徊步北林。下有交頸獸，仰見雙棲禽。攀枝長歎息，淚下沾羅衿。良馬知我悲，延頸對我吟。昔爲同池魚，今爲商與參。往古皆歡遇，我獨困於今。棄置委天命，悠悠安可任？

李于鱗曰：『末二句不是恝然忘情，只一無奈何，委卻天命，思之愈覺情致。』

浮萍篇

丁晏云：『藝文四十一作蒲生行。樂府三十五作蒲生行浮萍篇。』

浮萍寄清水，隨風東西流。結髮辭嚴親，來爲君子仇。恪勤在朝夕，無端獲罪尤。在昔蒙恩惠，和樂如瑟琴。何意今摧頹，曠若商與參。茱萸自有芳，不若桂與蘭。新人雖可愛，不若故人歡。行雲有反期，君恩儻中還。慊慊仰天歎，愁心將何愬？日月不恆處，人生忽若遇。悲風來入帷，淚下如垂露。散篋造新衣，裁縫紈與素。

李獻吉云：『無限低徊瞻戀，而含韞不露，可謂善怨。』

家大人云：『「新人雖可愛」四語令人一唱三歎。』

惟漢行

太極定二儀，清濁始以形。三光照八極，天道甚著明。爲人立君長，欲以遂其生。行仁章以瑞，變故誡驕盈。神高而聽卑，報若響應聲。明主敬細微，三季瞢天經。二皇稱至化，盛哉唐虞庭。禹湯繼厥德，周亦致太平。在昔懷帝京，日昃不敢寧。濟濟在公朝，萬載馳其名。

門有萬里客

門有萬里客，問君何鄉人？褰裳起從之，果得心所親。挽衣對我泣！太息前自陳：本是朔方士，今爲吳越民；行行將復行，去去適西秦。

桂之樹行

桂之樹！桂之樹！桂生一何麗佳。揚朱華而翠葉，流芳布天涯。上有棲鸞，下有蟠螭。桂之樹！得道之眞人，咸來會講仙教爾服食日精要道甚省不煩。澹泊無爲自然。乘蹻萬里之外，去留隨意所欲存。高高上際於衆外下下乃窮極地天。

王遵巖云：『句可長可短，韻可叶可不叶，破千古對仗板腐之陋，所謂自我作祖。』

家大人云：『「佳、涯、螭」韻「人、仙、精、煩、然、存、天」韻王遵巖謂韻可叶可不叶者非也。』

當牆欲高行

龍欲升天須浮雲，人之仕進待中人。衆口可以鑠金，讒言三至，慈母不親。憒憒俗間，不辨僞眞，願欲披心自說陳。君門以九重，道遠河無津。

李于鱗云：『感憤而發，中貴爲患，千古如是。』

當欲游南山行

東海廣且深，由卑下百川。五嶽雖高大，不逆垢與塵。良木不十圍，洪條無所因。長者能博愛，天下寄其身。大匠無棄村，船車用不均。錐刀各異能，何所獨卻前。嘉善而矜愚，大聖亦同然。仁者各壽考，四坐咸萬年。

當事君行

人生有所貴尙，出門各異情。朱紫更相奪色，雅鄭異音聲。好惡隨所愛憎，追舉逐聲名。百心何事一君，巧詐寧拙誠？

王元美云：『體不經見。』

丁晏云：『一句六言，一句五言，合韻別是一格。』

又云：『風俗通引傳曰：「一心可以事百君，百心不可事一君。」說苑貴德篇云：「巧詐不如拙誠。」末二句俱本古語。』

當車以駕行

歡作玉殿，會諸貴客。侍者行觴，主人離席。顧視東西廂，絲竹與鞞鐸。不醉無歸來，明燈以繼夕。

飛龍篇

晨遊太山，雲霧窈窕。忽逢二童，顏色鮮好，乘彼白鹿，手翳芝草。我知眞人，長跪問道。西登玉堂，金樓複道。授我仙藥，神皇所造；教我服食，還精補腦；壽同金石，永世難老」

丁晏云：『此諷求仙之作，末語不說破，最妙，當於言外得之。』

家大人云：『此本傷逝而聊為游仙以自解之辭。』

盤石篇

盤盤山巔石，飄颻澗底蓬。我本泰山人，何為客淮東？蒹葭彌斥土，林木無芬重。岸巖若崩缺，湖水何洶洶。蚌蛤被濱涯，光采如錦虹。高彼凌雲霄，浮氣象螭龍。鯨脊若丘陵，鬚若山上松。呼吸呑船檝，澎濞戲中鴻。方舟尋高價，珍寶麗以通。一舉必千里，乘颸舉帆幢。經危履險阻，未知命所鍾。常恐沈黃壚，下與黿鼈同。南極蒼梧野，游眄窮九江。中夜指參辰，欲師當定從。仰天長歎息，思想懷故邦。乘桴何所志？吁嗟我孔公。

劉坦之云『倏而言山石之嵬峨，倏而言湖波之汹湧，極狀物品之光怪，珍寶之陸離；憂及性命，懷念故鄉，隨筆幻出，無跡可尋。』

丁晏云『求自試表言「昔從先皇，南極赤岸，東臨滄海；」此言「乘危履險，」亦是自道其實。又言「恐沉黃壚，」即責躬詩「常懼顛沛，抱罪黃壚」之意。』

驅車篇

驅車揮駑馬，東到奉高城。神哉彼泰山，五嶽專其名。隆高貫雲蜺，嵯峨出太清。周流二六候，間置十二亭。上下涌醴泉，玉石揚華英。東北望吳野，西眺觀日精。魂神所繫屬，逝者感斯征。王者以歸天，效厥元功成。歷代無不遵，禮記有品程。探策或長短，唯德享利貞。封者七十帝，軒皇元獨靈。餐霞漱沆瀣，毛羽被身形。發舉蹈虛廓，徑庭升窈冥。同壽東父年，曠代永長生。

李獻吉云：『封泰山，禪梁父，識者以爲好大喜功之戒，而陳思云：「探策或長短，惟德享利貞，」獨歸美軒皇。見世有軒皇，亦何妨於封禪。非勸非沮，詞理俱勝。』

鞞舞歌 有序五首

漢靈帝西園鼓吹，有李堅者，能鞞舞，遭亂，西隨段熲。先帝聞其舊有技，召之。堅既中廢，兼古曲多謬誤，異代之文，未必相襲。故依前曲改作新歌五篇。不敢充之黃門，近以成下國之陋樂焉。

聖皇篇

聖皇應曆數，正康帝道休。九州咸賓服，威德洞八幽。三公奏諸公，不得久淹留。藩位任至重，舊章咸率由。侍臣省文奏，陛下體仁慈。沈吟有愛戀，不忍聽可之。迫有官典憲，不得顧恩私。諸王當就國，璽綬何累縗。便時舍外殿，宮省寂無人。主上增顧念，皇母懷苦辛。何以爲贈賜？傾府竭寶珍。文錢百億萬，采帛若煙雲；乘輿服御物，錦羅與金銀；龍旂垂九旒，羽蓋參班輪。諸王自計念：無功荷厚德，思一效筋力，糜軀以報國。鴻臚擁節衞，副使隨經營；貴戚並出送，夾道交輜軿；車服齊整設，韡曄耀天精，武騎衞前後，鼓吹簫笳聲。祖道魏東門，淚下霑冠纓。扳蓋因內顧，俛仰慕同生。行行將日暮，何時還闕延。車輪爲徘徊，四馬躊躇鳴。路人尙酸鼻，何況骨肉情？

靈芝篇

靈芝生天地，朱草被洛濱；榮華相晃耀，光采曄若神。古時有虞舜，父母頑且嚚，盡孝於田壠，烝烝不違仁。伯瑜年七十，綵衣以娛親，慈母笞不痛，歔欷涕霑巾。丁蘭少失母，自傷早孤煢，刻木當嚴親，朝夕致三牲。暴子見陵侮，犯罪以亡形，丈人爲泣血，免戾全其名。董永遭家貧，父老財無遺，舉假以供養，傭作致甘肥；責家塡門至，不知何用歸；天靈感至德，神女爲秉機。歲月不安居，嗚呼我皇考，生我既已晚，棄我何其早？蓼莪誰所興？念之令人老；退詠南風詩，灑淚滿褘抱。辭曰：聖皇君四海，德教朝夕宣。萬國咸禮讓，百姓家肅虔。庠序不失儀，孝弟處中田。戶有曾閔子，比屋皆仁賢。髫齔無夭齒，黃髮盡其年。陛下三萬歲，慈母亦復然。

大魏篇

大魏應靈符，天祿方甫始。聖德致泰和，神明爲驅使。左右爲供養，中殿宜皇子。陛下長壽考，羣臣拜賀咸悅喜。積善有餘慶，寵祿固天常。衆喜塡門至，臣子蒙福祥。無患及陽遂，輔翼我聖皇。衆吉咸集會，凶邪姦惡並滅亡。黃鵠遊殿前，神鼎周四阿。玉馬充乘輿，芝蓋樹九華。白虎戲西除，舍利從辟邪。騏驥躡足舞，鳳皇拊翼歌。豐年大置酒，玉樽列廣庭。樂飲過三爵，朱顏暴已形。式宴不違禮，君臣歌鹿鳴。樂人舞鼙鼓，百官雷抃讚若驚。儲禮如江海，積善若陵山。皇嗣繁且熾，孫子列曾玄。羣臣咸稱萬歲，陛下長壽樂年。御酒停未飲，貴戚跪東廂。侍人承顏色，奉進金玉觴。此酒亦眞酒，福祿當聖皇。陛下臨軒笑，左右咸歡康。杯來一何遲，羣僚以次行。賞賜累千億，百官並富昌。

精微篇

精微爛金石，至心動神明。杞妻哭死夫，梁山爲之傾。子丹西質秦，烏白馬角生。鄒衍囚燕市，繁霜爲夏零。關東有賢女，自字蘇來卿，壯年報父仇，身沒垂功名。女休逢赦書，白刃幾在頸，俱上列仙籍，去死獨就生。太倉令有罪，遠徵當就拘，自悲居無男，禍至無與俱；緹縈痛父言，荷擔西上書，盤桓北闕下，泣淚何漣如！乞得並姊弟，沒身贖父軀。漢文感其義，肉刑法用除；其父得以免，辯義在列圖。多男亦何爲？一女足成居。簡子南渡河，津吏廢舟船；執法將加刑，女娟擁櫂前：『妾父聞君來，將涉不測淵。長懼風波起，禱祝祭名川。備禮饗神祇，爲君求福先。不勝釂祀誠，教令犯罰艱。君必欲加誅，乞使知罪僁。妾願以身代。』至誠感蒼天。國君高其義，其父用赦原。河激奏中流，簡子知其賢，歸聘爲夫人，榮寵超後先。辯女解父命，何況健少年？黃初發和氣，明堂德教施，治道致太平，禮樂風俗移。刑措民無枉，怨女復何爲？聖皇長壽考，景福常來儀。

丁晏云：『積誠悟主，此陳思一片血心，首二句揭出本旨。』

孟冬篇

孟冬十月，陰氣厲淸。武官誡田，講旅統兵。元龜襲吉，元光著明。蚩尤蹕路，風弭雨停。乘輿啓行，鸞鳴幽軋。虎賁采騎，飛象珥鶡。鐘鼓鏗鏘，簫管嘈喝。萬騎齊鑣，千乘等蓋。夷山塡谷，平林滌藪。張羅萬里，盡其飛走。趯趯狡兔，楊白跳翰。獵以青骹，掩以脩竿。韓盧宋鵲，呈才騁足。噬不盡緤，牽麋掎鹿。魏氏發機，養基撫弦。都盧尋高，搜索猴猿。慶忌孟賁，蹈谷超巒。張目決眥，髮怒穿冠。頓熊扼虎，蹴豹搏貙。氣有餘勢，負象而趨。獲車既盈，日側樂終。罷役解徒，大饗離宮。亂曰：聖皇臨飛軒，論功校臘徒。死禽積如京，流血成溝渠。明詔大勞賜，大官供有無。走馬行酒醴，驅車布肉魚。鳴鼓舉觴爵，擊鐘釂無餘。絕綱縱麟麑，弛罩出鳳雛。收功在羽校，威靈振鬼區。陛下長歡樂，永世合天符。

棄婦篇

石榴植前庭，綠葉搖縹青。丹華灼烈烈，璀采有光榮。光榮曄流離，可以處淑靈。有鳥飛來集，拊翼以悲鳴。悲鳴夫何爲？丹華實不成。拊心長歎息，無子當歸寧。有子月經天，無子若流星。天月相終始，流星沒無精。棲遲失所宜，下與瓦石幷。憂懷從中來，歎息通雞鳴。反側不能寐，逍遙於前庭。踟躕還入房，肅肅帷幕聲。搴帷更攝帶，撫絃調鳴箏。慷慨有餘音，要妙悲且淸。收淚長歎息，何以負神靈？招搖待霜露，何必春夏成？晚穫爲良實，願君且安寧？

附錄　丁晏魏陳思王年譜

昔文中子有言：『陳思王可謂達理者也。以天下讓，時人莫之知也。』初王以仁孝智達，魏祖特見寵愛，幾爲太子者數矣。卒以天性簡易，不自雕飾。其兄迺以矯詐御之，交結左右，日夜爲之陳說；而王一任其兄所爲，恪守藩侯之職。豫章行云：『子臧讓千乘，季札慕其賢。』血誠之言，可謂至德矣。魏祖召王，兄丕偪而醉之。其後臣下希指，誣植醉酒悖慢。觀其酒賦，乃以爲淫荒之源，先王所禁，君子所斥，是豈耽酒者哉？媒櫱之詞，何所不至？陳王之不得立，魏之不幸，亦漢之不幸也。夫陳王固未嘗忘漢也。魏既受禪，王發喪悲哭。其情詩曰：『遊者歎黍離，行者歌式微。』送應氏詩曰：『洛陽何寂寞，宮室盡燒焚。』故宮禾黍之感，有餘痛焉。贈丁儀王粲詩曰：『皇佐揚天惠，四海無交兵。』稱其父曰皇佐，大義凜然，服事之忠。惟王能守臣子之節，使其嗣位，豈有篡漢之事哉？天不佑魏！子桓承祚，父喪在殯，大饗受朝，設伎樂百戲，不忠不孝，其罪上通於天矣。而陳王事兄如父，終無怨尤。易世之後，猶思敦本睦親，上疏求試。彼猜忌之君，烏能望其感悟乎？且司馬氏之禍，陳王固先知之矣。審舉一疏，極論當權者謀能移主，威能懾下：取齊者田族，非呂宗也；分晉者趙魏，非姬姓也。籍田說以齊諸田晉六卿魯三桓爲諸侯之蝎。令陳王得掌朝政，必能戢司馬之權，而奪其柄。王之見疏，魏之所以速亡；而亦天厭老瞞之奸，摧其賢嗣，促其國祚。天之絕魏也甚矣。王既不用，自傷同姓見放，與屈子同悲，乃爲九愁九詠遠遊等篇，以擬楚騷。又擬宋玉之辭，爲洛神賦，託之宓妃神女，寄心君王，猶屈子之志也；而俗說乃誣爲感甄，豈不謬哉？余嘗歎陳王忠孝之性，溢於楮墨，爲古今詩人之冠，靈均以後一人而已。梁鍾記室品其詩，譬以人倫之有周孔，可云知言。爰排比時事，及其著譔，輯爲斯譜。論世知人，其亦有取乎此也。

漢獻帝初平三年壬申，　一歲。

初平四年癸酉，　二歲。

興平元年甲戌，　三歲。

興平二年乙亥，　四歲。

建安元年丙子，　五歲。

建安二年丁丑，六歲。

建安三年戊寅，七歲。

建安四年己卯，八歲。

建安五年庚辰，九歲。

建安六年辛巳，十歲。本傳：『年十歲餘，誦讀詩論及辭賦，數十萬言。』

建安七年壬午，十一歲。

建安八年癸未，十二歲。

建安九年甲申，十三歲。

建安十年乙酉，十四歲。

建安十一年丙戌，十五歲。

建安十二年丁亥，十六歲。

建安十三年戊子，十七歲。

建安十四年己丑，十八歲。

建安十五年庚寅，十九歲。時鄴銅雀臺新成，本紀建安十五年冬太祖悉將諸子登臺，使各爲賦。植援筆立成，可觀，太祖甚異之。

建安十六年辛卯，二十歲。封平原侯。太祖以丕爲五官中郎將，置官屬，爲丞相，副魏軍，西討馬超，太子留監國，侯從焉，作離思賦。公讌詩『公子敬愛客，』李善注：『公子謂文帝，五官中郎將也。』

建安十七年壬辰。二十一歲。荀彧薨，有光祿大夫荀侯誄。

建安十八年癸巳，二十二歲。天子策命太祖爲魏公，加九錫，始建魏社稷宗廟。天子娉公三女爲貴人，少者待年於國。敘愁賦序：『時家二女弟，故漢皇帝聘以爲貴人，家母見二弟愁思，故令予作賦。』

建安十九年甲午，二十三歲。徙封臨淄侯。太祖征孫權，本紀建安十九年秋七月使侯留守鄴。戒之曰：『汝年亦二十三矣，可不勉歟？』侯既以才見異，而丁儀丁廙等爲之羽翼，太祖狐疑，幾爲太子者數矣。　侯典禁兵衞宫省。魏師征吳，作東征賦。　與吳質書。典略曰：『質出爲朝歌長，臨淄侯與質書。』　集有贈丁儀丁翼詩。

建安二十年乙未，　二十四歲。　贈丁儀王粲詩：『從軍度函谷，驅馬過西京。』李善注：『建安二十年，西征張魯。』

建安二十一年丙申，　二十五歲。　天子進太祖爵爲魏王。　與楊修書：『僕少好辭賦，迄至於今二十有五年矣。』文選有楊修答臨淄侯牋。

建安二十二年丁酉，　二十六歲。　增邑五千，并前萬戶。　太祖以五官中郎將丕爲太子。賈詡傳：『文帝爲五官將；而臨淄侯植才名方盛。文帝使人問詡自固之術。太祖又嘗屏除左右問詡；詡曰：「思袁本初劉景升父子也。」於是太子遂定。』　侍太子坐詩王仲宣誄。

建安二十三年戊戌，　二十七歲。

建安二十四年己亥，　二十八歲。　太祖以楊修頗有才策而又袁氏之甥也，於是以罪誅修。典略在建安二十四年侯益內不自安。　太祖以植爲南中郎將，行征虜將軍，欲遣救曹仁。植醉不能受命，於是悔而罷之。　魏氏春秋：『植將行，太子偪而醉之。』

魏文帝黃初元年庚子，　二十九歲。　太祖崩，諡曰武。有武帝誄。子丕嗣位，改延康元年。魏受漢禪，改元黃初，封漢帝爲山陽公，有慶文帝受禪表。　魏志蘇則傳：『初，則及臨淄侯植，聞魏氏代漢，皆發服悲哭。』　文帝卽位，誅丁儀丁廙。植與諸侯並就國。　元會詩：『初歲元祚，吉日惟良。』　三月，黃龍見，有龍見表。　魏封孔羨爲宗聖侯，以奉孔子之祀，集有碑頌。

黃初二年辛丑，　三十歲。　監國謁者灌均希指，奏植醉酒悖慢，刦脅使者。帝以太后故，貶爵安鄉侯，有初封安鄉侯表。改封鄄城侯，有雜詩六首，李善注：『別京已後，在鄄城思鄉而作』。

黃初三年壬寅，　三十一歲。　立爲鄄城王，邑二千五百戶。　朝京師，濟洛川，作洛神賦。　文館詞林有曹植自誡令，毀鄄城故殿令。

黃初四年癸卯，　三十二歲。　徙封雍丘王。朝京都，上疏，幷責躬應詔詩。帝嘉其辭義，優詔答勉之。　魏氏春秋：『是時待遇諸國法峻。任城王暴薨，有任城王誄。白馬王彪還國，欲同路東歸，監國使者不聽；發憤告離，而作詩曰謁帝承明廬云云。』

黃初五年甲辰，三十三歲。集有黃初五年令。

黃初六年乙巳，三十四歲。帝東征還雍丘，幸植宮，增戶五百。集有黃初六年令。

黃初七年丙午，三十五歲。帝崩，謚曰文。有文帝誄。

明帝太和元年丁未，三十六歲。徙封浚儀。鄴都故事：『魏明帝太和中，築鬬雞臺。』集有鬬雞詩。

太和二年戊申，三十七歲。復還雍丘，上書求自試。曹休薨，有大司馬曹休誄。明帝紀：『帝還洛陽宮。』裴注引魏略：『是時譌言云帝已崩，從駕羣臣迎立雍丘王，魏之臣民屬望雍丘久矣。』

太和三年己酉，三十八歲。徙封東阿。世說新語：『文帝嘗令東阿王七步中作詩，不成者行大法，應聲爲詩。』按煮豆詩，或疑其僞；且東阿徙自太和年，文帝時無此封號，小說之誣甚矣。初學記天部引魏明帝與東阿王詔曰：『昔先帝時，甘露降於仁壽殿前，靈芝生芳林園中；自吾建承露盤以來，甘露復降芳林園仁壽殿。』集有承露盤銘幷序。陳琳答東阿王牋，并示龜賦。集有神龜賦。　吳質答東阿王書。

太和四年庚戌，　三十九歲。　六月太皇太后崩。七月武宣卞后祔葬於高陵。有卞太后誄，上卞太后誄表。

太和五年辛亥，　四十歲。　上疏求存問親戚；復上疏陳審舉之義。　魏略：『是後大發士息，王上書。』　冬，詔諸王朝。

太和六年壬子，　四十一歲。　二月，以陳四縣封爲陳王，邑三千五百戶。有改封陳王謝恩章，謝妻改封東阿王妃爲陳王妃表。　時法制待藩國峻迫，常汲汲無歡，遂發疾薨。年四十一。遺令薄葬，謚曰思。子苗志嗣。苗封高陽鄉公，志封穆鄉公，有封二子爲公謝恩章。志徙封濟北王。女金瓠，生十九旬而夭，有哀辭。